文庫

猫は知っていた

新装版

仁木悦子

講談社

目次
contents

猫は知っていた　新装版

プロローグ

「もう一ぺん地図を見せてごらんよ。悦子《えつこ》」

曲り角に立ちどまって、右と左を見くらべながら兄が言った。私はバッグの中から、くしゃくしゃになった紙きれを取り出した。

「わかりやすい道だって言ってたんだがなあ。牧村のやつ、地図かくのが、どうしてこうへたなんだろう」

ぼやきながら、手の甲でひたいの汗をこすり上げた、ちょうどその時だった。右の道に人の姿が現われた。淡青い清潔な開襟シャツに、皮の折りかばんをかかえた若い男だ。兄は、その男の近づくのを待って声をかけた。

「ちょっとお尋ねしますが、この辺に、箱崎《はこざき》医院と言う外科病院はないでしょうか」

青年は、きれいな一重まぶたの目で、警戒するように私たちを見つめた。が、やがて落ちついた口調で言った。

「僕のうちです」

これは思いがけなかった。兄は、助かったというように目玉をくるりと回した。

「そうでしたか。僕は仁木《にき》雄太郎《ゆうたろう》といいます。お聞きになっていないかもしれませんが――」

「ああ、仁木さん」

と、青年は思いあたったふうでうなずいた。

「うちの幸子《さちこ》にピアノを教えてくださるかたですね。そちらが妹さんですか?」

どうやらこの青年は私たちのことを、すっかり聞いているらしい。兄の雄太郎と私は、これまで借りていた部屋を追い出され、兄の友人の世話で箱崎という医院の二階を借りることになって、きょう初めて訪ねて行くところだった。なんでも箱崎家には、医科大学に行っているふたりの息子と、まだ幼稚園の小さい女の子があるそうで、私がその女の子にピアノを教えて、その代わり間代を半分にしてもらうということに、友だちが大体の話を決めてくれたのだ。してみると、今目の前に立っている青年は、英一《えいいち》さんという長男か、それとも次男――たしか敬二《けいじ》さんとかいった――のどちらかに違いない。青白い顔と、注意深い目をした、やせ型の引きしまったタイプで、年は二十一か二ぐらい、頭はいいが、気さくにつきあえる相手ではなさそうだ。

だが、ともかく私たちは彼のあとについて歩きだした。彼は、あれっきり一言も言わずに身軽に足を運ぶ。こういう体質の人は、見かけがきゃしゃなわりに、しんが強く、力も案外あるものだということを私は知っていた。

箱崎医院は、私たちが地図を眺めてうろうろしていた地点から百メートルとは離れていなかった。氷屋の角を曲り、公衆電話とラジオ屋の前を通りすぎ、散歩中の犬が片足あげて用を足しそうな電信柱の角を、もう一度曲ってすぐ——というよりも、つまりその角の家がそれだったのだ。このへんは戦災で焼けなかったとみえて大きな古びた家が多い中にも、この医院は、ずいぶんと時代がかった、どっしりした木造の二階だてで、門から玄関まで五〜六メートルの距離に、白っぽいきれいなじゃりが敷いてある。正面の二階だてとは別棟になって、同じような古びた建物がもう一つ、右手の方にくっついていたが、この方は平屋だった。

「左の方が病院で、うちの者はこっちに住んでいます。はなれと呼んでいるんですが」

右手の平屋を指さして大学生が説明した時、門の前で自動車の止まる音がした。私は何気なくふり返った。車をおりて来たのは、夫婦らしいふたり連れだった。男の方は四十に近く、かた幅の広い、たくましい体格をしていた。目も口もなみはずれて大きく、鼻は肉が厚く、まゆ毛は墨でぐいと引いたように濃いのだが、それらの偉大なぞうさくが、それぞれうまいぐあいに納まって、一種独特な印象を与える精力的な顔を作りあげていた。欲しいと思った物は何年かかっても手に入れずにはおかないといったねばり強さと、或種の冷酷な聡明さが、おうへいな目の中に同居していた。一方、奥さんらしい方はといえば、これまた、どこからどこまで夫とは正反対だった。小柄で、目も口もこまこまと、性質も内気そうに見える。うすいグリーンのシックなツーピースに身を包み、手にはぜいたくな金具を打ったスーツケースをさげていた。もともとは楚々《そそ》とした美しい人なのだろうにと、私は心中彼女に同情した。というわけは、整った可憐な顔立ちにもかかわらず、彼女の様子には、あまりに生気がなく、うんざりした疲労の色がにじんでいたのだ。きっと、この奥さんは病気なのだ。それで診察をしてもらいにお医者さんにやって来たのだ。スーツケースを下げているところをみると入院なのかもしれない。それにしても、病人に荷物を持たせて平然としているなんて――私は決してこんな夫は持たないわ。私が病気になったら、病院までかたぐるまに乗せてってくれる人でなくっちゃ――そんなことを考えながら私は歩きだそうとした。と、私ははっとした。私たちを案内して来てくれた大学生の顔に、ただならない表情が現われていたのだ。目を大きく見開き、くちびるをきゅっと結んで彼は、例のふたりづれを見つめていた。心のうちを見せようとしない用心深い態度が消えてしまって、心臓の動悸までがすけて見えるみたいだった。

御夫婦が病院の玄関に見えなくなった時、彼は初めてわれに返った。私が彼の顔を眺めているのに気づくと、彼は気の毒なほどどぎまぎした。一瞬彼は、憎々しげなひとみで私をにらんだ。が、次の瞬間には、またさっきの冷静な目に戻っていた。

「こっちにも玄関がついてるんですね」

兄の雄太郎は何も気づかなかったらしく、家を眺めて言った。右の方の、いわゆる「はなれ」にも、病院の玄関よりは小さい脇玄関があって、その前に、赤い三輪車が、手持ちぶさたそうにしていた。

「そうです。僕等はいつもここから出はいりしています。——どうぞ」

大学生は玄関の戸を開けると、

「かあさん」

と声をかけた。

「英一かい？　お帰り」

と、出てきたのは、六十五、六と思われる、小太りの、世話好きそうな老婦人だった。

「おかあさんは幸子を連れて、そのへんまで買物に行きましたよ。お友だちなの？」

「いや。仁木さんですよ。すぐそこで会った」

大学生——当家の長男の英一さんと知れた——は、一言そう言って紹介すると、これでお役目ずみとばかり、私たちには目もくれず、さっさと廊下を奥へはいって行った。

「あれはどうもお愛想のない子で。まあどうぞ——。敏枝《としえ》も、すぐに戻りますから」

老婦人は、客扱いに慣れた態度で、私たちを奥の間に案内した。

「仁木さんとおっしゃいましたかしら？　牧村さんから、おうわさはうけたまわっております。妹さんは、音楽大学の師範科に行っていらっしゃいますとかねえ。幸子のことは、よろしくお願いいたしますよ。申し遅れましたが、わたくし、幸子の祖母で桑田《くわた》ちえと申します」

そう言われるまでもなく、私にはこの老婦人がだれであるか、およその見当はついていた。箱崎家には、主人夫妻と三人の子供のほかに、夫人の母親に当る、まだ元気のいいおばあちゃんがいるということを耳にしていたからだ。だが、そういう私も、ちょうどその時、ふすまをあけてお茶を運んで来た十七、八の少女は、いったいだれなのか、首をかしげないわけには行かなかった。どこかの私立高校の制服らしい淡青色のセーラーを着た、ちょっとキツネに似た顔立ちの、やせた少女だった。女中とは思えないし……と私は、私自身とは一つ二つしか違わないらしい彼女の横顔を眺めて、心の中で考えていた。

「ああユリ。あんたも御あいさつするといいわ」

桑田老夫人は、私の疑問を読み取ったわけでもあるまいが、私たちの方に向き直って、

「仁木さん。これは、やはりわたくしの孫で、桑田ユリと申します。英一たちから見れば、従妹《いとこ》にあたるわけですけれど、両親に死なれてから、ここの家の世話になっておりますので、まあここの娘も同じでございますわ。これでなかなかよく気がつきますし、優しいところもある子でしてねえ」

そう言う老夫人のことばの端には、何か取りなすような響きが感じられた。少女は、取りすました硬い表情で、私たちの前にお茶を置くと、黙って部屋を出て行った。

「時に、お兄様の方は、何を御専攻ですの？　やはり学生さんとうかがいましたが」

「僕ですか？　植物学です」

「そうでいらっしゃいますか。わたくしのせがれも、植物採集が好きでしたが、ひと

り息子だものですから、家業の医者をつがせまして。あのユリの父親なのですけど、軍医で戦病死してしまいましたの。あれさえ生きていてくれたら、わたくしも、よめ入った娘の世話になど、ならなくてすむのですが——。まあ今のところは、ここのむこの兼彦《かねひこ》が、わたくしにもユリにもよくしてくれますけど、英一の代になりましたら、どうなりますか。——あら、帰ってまいりましたわ」

玄関のあく音と一しょに、「ただいまあ」と言う子供の声が、とび込んで来た。母らしい人の何か言うのも聞える。はしゃいでいた子供の声が、不意にぴったり止んだのは、私たちが来ていることを告げられたためだろう。ややあって、

「いらっしゃいませ」

とはいって来た夫人は、桑田老夫人に似て、小太りの気のよさそうな人だった。そのうしろから、おかっぱ頭を出したりひっこめたりしているのは、私の新しい生徒に違いない。スカートのぱっと開いた短いワンピースを着て、頭に大きなピンクのリボンをつけている。両親の愛情を一身に受けて大事にされている子供らしい、身ぎれいさだつた。

あいさつがひとしきりすむと、敏枝夫人は幸子ちゃんを前に押しだして、「こんにちは」をさせようとした。子供は、体をくにゃくにゃさせて母の手をすり抜け、廊下

を逃げて行ってしまった。

「あのとおりですの。ピアノのおけいこは、それは楽しみにしているんですけど――。では、お部屋を見ていただきましょうかしら？」

私たちは、夫人について立ちあがった。廊下に出ると、どこから来たのか、小さな黒ネコが一匹、ちょこちょこと私の足にまつわりついた。幸子ちゃんが、かけて来てネコを抱きあげた。

「かわいいネコちゃんね。何ていう名まえ？」

「チミ――」

幸子ちゃんは、はにかみながら、それでも初めて口をきいた。

「チミっていうの？　まだおちびさんね」

「ええ、つい十日ほど前にもらって来たんですもの」

と、夫人が言った。

「わたくしは、きらいなんですけれど、幸子がそれはネコ好きだものですから――。それに、うちはネズミが出て困るんですの。めいのユリが薬局の薬をもらって、毒だんごを作ってみたりしてましたけど、ネズミが利口なんですか、ちっともきかなくてね」

「そういう意味では、やっぱりネコが一番でしょうね。子ネコでも、鳴声を聞いただけでネズミはふしぎにいなくなるものですから。——あら、こんなにのどをゴロゴロやって。人なつこいネコですのね」
「ええ。もう、人の行く所、行く所とついて歩くので、うっかりすると踏んでしまうんですのよ。暗やみでなんか、びっくりして、とびあがりそうになりますわ、こっちが」
つきあたりのドアをあけると、廊下は急に広くなった。「医院」の方の棟にはいったのだ。廊下の右側にならんだドアの上には、それぞれ、看護婦室、レントゲン室、診察室、手術室、等と書いた札がかかり、左側は応接室と薬局および、私たちがさっき外から見た大きい方の玄関になっていた。玄関をはいった所のホールのような板敷きを待合室に利用しているらしく、とうのテーブルや、長いすや、雑誌類をのせた小づくえなどが、感じよく配置されていた。(付図1)
大きなゆるい階段の途中で、私たちは、上からおりて来た院長の兼彦氏に出会った。私は思わず笑いたくなった。「似た顔が二つある時、一つ一つを見れば、おかしくも何ともない。もしそれを並べて見ると、似ているというのでおかしくなる」というのは、パスカルかだれかのことばだったが、まさにそれなのだ。体格といい、顔立

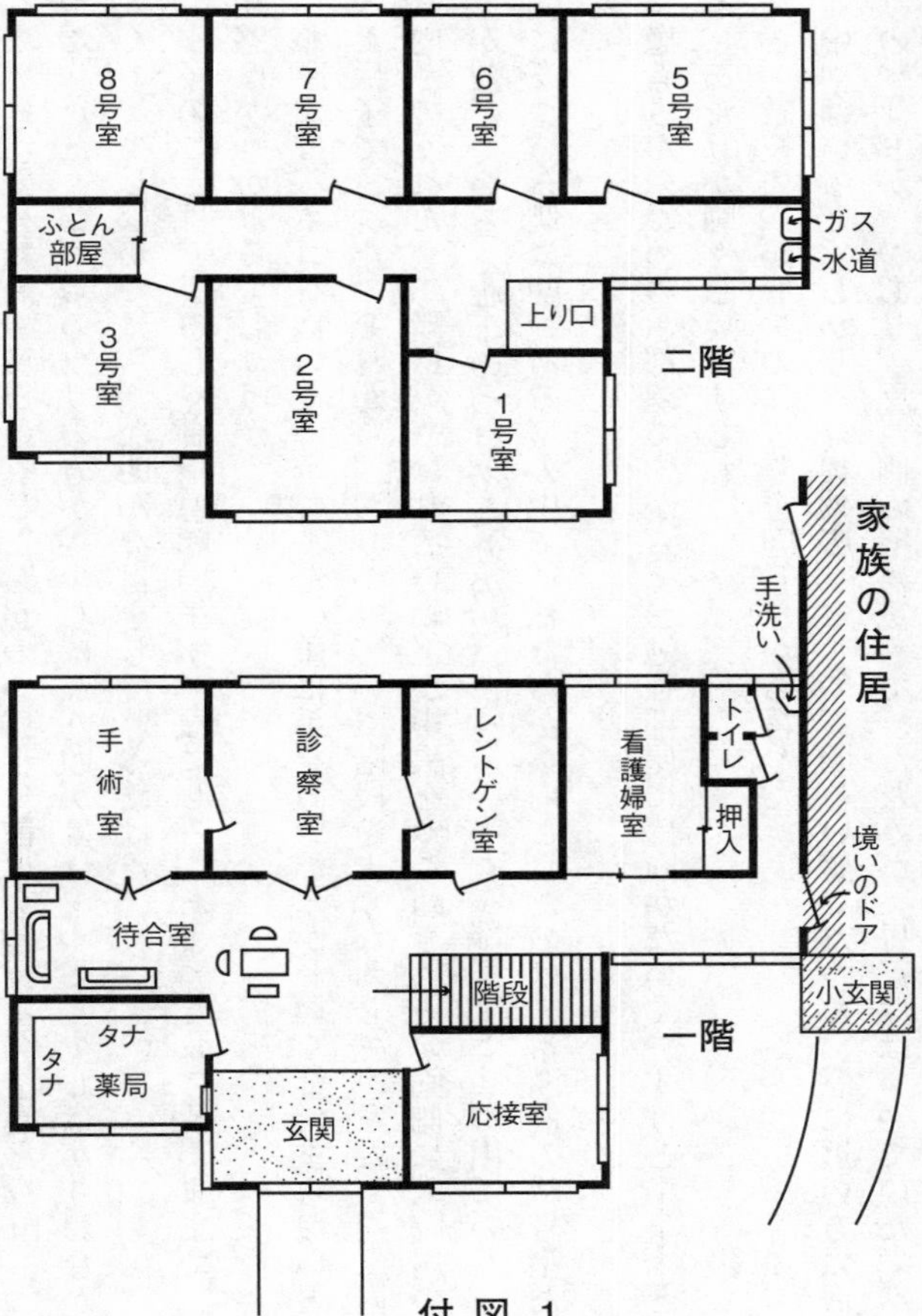
8号室
7号室
6号室
5号室
ふとん部屋
ガス
水道
3号室
2号室
上り口
1号室
二階
家族の住居
手洗い
手術室
診察室
レントゲン室
看護婦室
トイレ
押入
境いのドア
待合室
階段
小玄関
タナ
タナ
薬局
一階
玄関
応接室

付図 1

ちといい、院長箱崎兼彦氏は、私たちがつい三十分前に会ったその令息とウリ二つだった。ただ、こっちのウリの方が、少しばかり頭がはげ上って、少しばかりおなかが太くて、少しばかり気さくな朗かな目をしているだけだ。

「幸子のことは、よろしく御指導願います。なにしろ、あまったれの我がままで、御迷惑ばかりかけるでしょうが」

兼彦氏は、ネコを抱いた幸子ちゃんの頭に手を置いて、かわいくてたまらないといった様子で言った。それから、おりかけていた階段を上りなおして、私たちを二階に案内してくれた。二階は、やはり広い廊下が中央をつらぬき、その両側に入院用の病室が並んでいる。廊下のつきあたりの板戸には、「ふとん部屋」と札が出ていた。左側に三つ、右側に四つある室の中で、私たちが案内されたのは一番西側の八号室だった。

「患者さんのためのお部屋ですから、お勉強部屋には向かないんですけど――。どうも、あたりが騒々しいですしね」

と、敏枝夫人がドアのにぎりを回しながら言った。

中へはいると、しかし室は案外広々として、明るい感じだった。窓に近い方に白ぬりのベッドが一つあり、反対側の壁にそって、たたみが一畳だけはいっていた。ベッドは患者用、たたみは付添用というわけなのだろう。室にはそのほか、小さいテーブルと、いすと、腰ぐらいの高さの冷蔵庫みたいな木の戸だなが一つあった。クリーム色にぬった壁の高い所に、安っぽい風景画が額にはいってかかっていた。――思ったよりいい部屋だけど、あの絵は感心しないな。――と私は思った。――にいさんが大事にしているブラックの静物とかけ替えればいいわ。

「このお部屋、わりと明るいですね」

と、私同様そこらを見まわしながら兄が言った。

「外から見ると、ずいぶん古い建物のようですが、壁なんかきれいにぬってあって、病院みたいな殺風景な感じはしないですね」

「ええ、すっかりぬりなおしたんですの。わたくしたち、前は品川の方にいたんですが、終戦後ここを買いましたの。二十四年でしたっけね？　あれは」

夫人は兼彦氏の方をふり返った。

「そう二十四年だったな。――その時、すっかり手入れをして、窓わくから何からぬり替えたんです。患者というものは、それでなくても気分がしずみますからね。――どうも、外まわりの陰気なのは、どうしようもないが」

兼彦氏が苦笑して言った時、ドアがあいて看護婦が首を出した。

「先生。山本さんからお電話です」

言いながら彼女は、品定めをするように、ちらと私たちの方を見た。見習看護婦なのだろう。ほんの子供といってもいいような少女で、左右の目が思いきりとび離れた、人のよさそうな丸い顔をしていた。兼彦氏は、

「どうぞ、いつでも都合のいい時引っこしていらっしゃい」

と言いおいて出て行った。人なつこく、そのあとを追おうとした子ネコを、抱きあげた幸子ちゃんは、ベッドの上にすわりこんで、

「かーらあす、なぜなくのオ」

と歌い出した。私はいささか、どぎもを抜かれた。ものすごい調子っぱずれだ。この子にピアノを教えるとは、これはとんだ難事業をしょい込んだものだ。兄は私の苦ちゅうを察したらしく、横目でこっちを見てにやにや笑っている。いまいましい。

私たちは、この次の土曜日に越して来ることに決めた。ほんとうなら、あすにでも越したいのだが、学校やアルバイトの関係でそうも行かなかった。

下の玄関までおりて来た時、兄と私は靴がないのに気がついた。家族用の小さい方の玄関からはいったのだった。夫人は、

「わざわざお回りにならなくても、持ってまいりますわ。どうぞ、ここでお待ちくだ

さいな」

と言って、私たちの靴とバッグを取りに行ってくれた。私たちが玄関に立って待っていると、ふいに戸があいて、ひとりの女がはいって来た。さっき外で会った、小柄な奥さんだった。奥さんは、まるで何かに遠慮するようなそぶりで、しゃれた雨がさを、そっとすぼめた。

「あら、またふって来たんですか？」

うしろで、とんきょうな声がした。目と目の間のとび離れた看護婦だった。

「ええ。まだつゆが明けきらないんですわね」

奥さんは、ものうげに言って、買って来たらしい牛乳びんをかかえて階段をのぼって行った。そのうしろ姿を見送って、私は思わず言った。

「あのかた、御自分で牛乳買いにいらっしゃったのかしら？　御病気なのに？」

看護婦は、ふきだした。おかしくて、おかしくてたまらないように、白いエプロンのすそで顔をかくしてくっくっ笑った。この年ごろの娘は、はしがころがってもおかしいものだそうだ。私は、そんな時代は、二年半前に卒業してしまったけれど。

「あのかた、御病人じゃないんですよ」

と、看護婦はまだ少ししゃっくりしながら説明した。

「御病気なのは、だんな様の方なんです」

「だんな様？」

私はびっくりした。

「ええ。御主人が慢性の盲腸炎で、もう何ヵ月もおなかが痛い痛いと言って、うちへみえていたんですの。先生が、手術してしまえば、あとさっぱりするからっておっしゃっても怖がってばっかりいらっしゃるの。あんなにきつそうに見えても男のかたって、わりに意気地がないんですのね。でもやっと決心して今度御入院になりましたの。ほんとに奥さんの方がよっぽど御病気みたいに見えるわ。いろいろ御苦労がおありだものだから……」

「野田《のだ》さん」

と、手きびしい声がした。いつの間に来たのか、細おもての、すらっとした看護婦がそこに立って、度の強い近眼鏡の中の目を光らせていた。「野田さん」は、明らかに、物かげに逃げ込みたい様子だったが、あいにく適当な物かげがないので、真赤になって立っていた。

「患者さんのこと、かれこれ言うもんじゃありませんて、いつも言ってるでしょ」

眼鏡の看護婦が、がらがらした耳ざわりな声で止どめを刺した時、敏枝夫人が、バッグと靴をさげて現われた。雨がふって来たから、かさを貸してくれると言うのを辞退して、私たちはビニールをかぶって外に出た。幸子ちゃんは、すっかり慣れて玄関の前まで出て来て、

「バイバイ」

と手をふった。

七月四日　土曜日

私と兄が箱崎医院の二階に引っ越して来たのは、予定どおり、七月四日土曜日の午後だった。夏らしい真青な空には、ソフト・アイスクリームの形の入道雲が、まぶしく浮き上っていた。知りあいの家具屋から小さなオート三輪を借りて来て全財産を積みこみ、兄が運転手になって医院の門の前に乗りつけた時、真先にかけ出して、私たちを迎えてくれたのは幸子ちゃんだった。

「お運び、てつだってあげる」

と、私のくつしたの箱をかかえて、よいしょよいしょかけ声をしながら運んで行く。

「やあ、来ましたね。きょう越して来られるという電話があったものだから、幸子のやつ、昼飯も食わないではしゃいでるんですよ。そうそう、部屋ね、真中の七号室の方を掃除させておきましたよ。こう暑くなって来ると、西側の八号じゃ夕日がたまらないだろうと思ってね。どうですか?」

診察室から顔を出した兼彦氏も、にこにこして言った。

「ああ、そうですね。どうもいろいろ御心配をかけて——」

私たちは荷物を二階に運び上げにかかった。すると、

「階段の上り下りはお静かに願いますわ。きょう手術なさった患者さんがいらっしゃいますからね」

年かさの、眼鏡の看護婦が、きめつけるように言った。この人の言うことは、いつも、きわめてもっともなのだが、何となく冷たい、けんぺいずくな感じがして私は好きになれなかった。

「家永《いえなが》君、手がすいているのなら、少し運んであげたらどうだね? 幸子のお手伝いじゃしようがない」

と、兼彦氏が言ってくれたことばにも、聞えないふりをしている。私たちは足音をしのばせて階段を上った。上りきった所でおなじみの顔にぶつかった。野田さんだ。とび離れた目を善良そうにくるっとさせて、

「いらっしゃい。まあ大きな絵。いいわね、こんな絵を壁にかけて勉強するなんて」

野田さんは、たのみもしないのにブラックの額に手をかけて、あとじさりに七号室

の方へ歩き出した。

「手術なさったかたがあるって、このあいだの、あのだんな様？」

と、私は声を低めて尋ねた。野田さんは首をふって、

「いいえ、あのかたじゃないの。平坂《ひらさか》さんは――あのかた平坂勝也《かつや》さんていうのよ。――平坂さんは月曜日に手術だったから、もうほとんどいいのよ。たかが慢性盲腸炎ですもの。きょうのはね、ほら、ここ」

と、目でかたわらのドアをさした。六号室。私の部屋の隣だ。「工藤《くどう》まゆみ殿」と名札が出ている。

「十三くらいの女の子よ。おかあさんが、かわいくってしようがないらしいわ。でも手術だなんてほどでもないのよ。背中におできができて切開しただけですもの」

どうも野田さんにかかっては、どんな病気もかたなしである。荷物を運びながら、私は全部の入院患者について、ひととおりの知識を得てしまった。

一号室は、小山田《おやまだ》すみ子という中年の婦人で、頸部リンパ腺炎だそうだが、もうほとんどいいらしい。ひとりで入院している。

二号室が例の平坂勝也氏。清子夫人が付添って看護している。職業は貿易商で、おもに外人に日本の浮世絵や古美術品を売りつけているという話は、ちょっと意外だっ

た。私は何か工業関係の仕事でもしている人のように思っていたのだ。三号室は空室で、五号には若い男の患者がふたりはいっている。宮内正氏《みやうちただし》は二十六、七の機械技師で職場で左手を負傷したのだが、もう痛みもないので毎日を退屈しきっている。桐野次郎《きりのじろう》君は大学生でサッカーの練習中ころんで足を折り、つい二日ばかり前に入院した。おかあさんがついて世話をしているということだった。

荷物を運び終ると、兄はオート三輪を返しに行った。私は室の整頓にかかった。七号室は、八号室と広さも同じで、同じ家具が備えつけられていた。違う所は、八号は北側と西側の二方が窓だったのに対し、この部屋は窓は北側だけだった。でも少しも暗くはないし、風が通っていい気持だった。たとえ間借りでも新しいすまいを整えるということは、女にとっては楽しい仕事だ。帽子は釘へ。紙くずかごはデスクの下へ。兄がこっけいなほど大事がってる、フレウム・アルピヌムとかいう草の変種が植わっている鉢は、窓ぎわの戸だなの上へ。それからブラックの絵は、壁の額をおろしたあとにかけた。どの部屋にも一つずつ、ハンカチーフの箱から取って来たような、風景画の複製がかかっているのだ。幸子ちゃんは、ずっと私のそばにくっついて、お手つだいと称する妨害をしてくれる。私の、白い毛糸のクマをみつけて、

「わあー、かわいい」

と、ほおずりしそうにするので、私はあわててそれを取りあげ、本箱の上に置いた。その時、ドアをノックする音がした。

「どうぞ」

というより早く、幸子ちゃんがかけよって戸をあけた。立っていたのは、ユリさんだった。

「今晩のお食事は、お近づきのおしるしに、うちの方へいらっしゃっていただいて御一しょにしたいと、おばが申しました」

と、切口上で言ってから、

「何もございませんけれど」

と、つけ加えた。

私は妙な心持になった。用件がおかしいというのではない。そう言うユリさんの表情が、何となく妙なのだ。言いつかった言づてだけは口にしたけれど、心はまるでよそにある風で、それに顔色も変に青く、寝不足の時のように、いらいらと血走った目をしている。私は、もう少しで、

「どうかなさったの？」

ときくところだった。しかし、一度かそこら会っただけの人に、そんな質問は、ど

う考えてもぶしつけである。そこで、ただお礼を言って、兄が帰りました上で——とだけ返事しておいた。

夕方、六時半に、兄と私とは、ややましな服装に着かえて、箱崎家のはなれにおりて行った。私たちは、朝食だけは看護婦や患者と同じ献立を作ってもらい、昼と夜は外食することに決めてあった。今夜ももちろん外へ食べに行くつもりでいたのだが、せっかくの招待で、幸子ちゃんも喜んで呼びに来るのでごちそうになることにしたのだった。先方は、私たちを、ただの下宿人というよりもう少し親密な、家庭教師的な関係に置きたいらしく、また音楽のけいこにも期待を持って、大いに楽しみにしているふうが見えた。私の方では、幸子ちゃんの調子っぱずれを考えただけで、ため息ものだったのだけれど。

看護婦は、むこうの看護婦室で食事をするので、茶の間に集まったのは、すでに顔みしりの家族だけだった。院長夫妻、おばあちゃん、英一さんと幸子ちゃん、それに私たち兄妹の七人が食卓を囲むと、八畳の茶の間も広くはなかった。

「ユリは、どうしたね？」

と、兼彦氏が夫人に尋ねた。

「気分が悪いとか言って寝てますの。お食事も欲しくないって言いますから、あとでミルクでもわかしてやりますわ」

「いかんな。あとでみてやろう。――仁木君は、ビールとウィスキーと、どっちがいいですか?」

「ビールをいただきます」

と兄は答えた。大好きなくせにアルコールに弱い兄は、すぐ眠くなってしまうので、私か親しい友人と一しょの時でないと強い酒は飲まないのだった。

幸子ちゃんは、ひとりではしゃいで、おぼんに着る金魚の模様のゆかたのことを、私に話して聞かせた。

「こんなチビのくせに、おしゃれで困るんですのよ」

と口では言いながら、夫人はいとしくてならない目で、幸子ちゃんを見やった。

「でも、お嬢ちゃんですもの。女って小さい時から、着る物に興味を持つものじゃありませんかしら」

私が、あたりさわりのないことを言うと、夫人は、

「あら、男の子でも結構おしゃれなものですわ。英一は、よごれてさえいなければ何でも着てくれますけど、弟の方は、それはうるさいんですの。主人のお古は絶対に着

ませんし、アイロンもうちでかけたのはエリ先がぴちっとしないとか、文句ばかり多くて」

そう言われて私は初めて思い出した。ここのうちには、もうひとり男の子がいたんだっけ……。健二？　とか、敬二？　とかいう名の。その人は、出かけてでもいるのだろうか？　夫人は私の疑問に気がついたらしい。ちょっとどぎまぎしてから、言い出した。

「敬二は、うちにいないんですの。この四月医大へはいってから、中野のお友だちのおうちに下宿させていただくことになって——。こうして、うちがちゃんと東京にあるんですから下宿なんて必要ないと思うんですけど、若い人は気ままにしたいとみえましてねえ。やっと手がかからなくなったと思うと親をうるさがって——」

夫人は、ふと口をつぐんだ。それから話を変えて、どうもこの家は、病院と台所が離れていて不便だ、患者や看護婦の食事を、いちいち運ぶのは大変な労力だ、というようなことを話した。

「お洗たくも、最初しばらくは、てんやわんやだったんですけど、病院専用の大きな電気洗たく機を買ってからは、楽になりましたの。看護婦の中で手のすいたのが、ちょっとスイッチさえ入れればいいのですものね。調理場も近いうち専用のを建て増して、かかりの人をやとう予定ですの。家族の方と全然別にしなければ、とてもやりきれませんわ」

「それに、私たちまで御厄介をかけて、申しわけありません」

と私が言うと、夫人は手を振って、

「いいえ。あなたとお兄様の朝御飯ぐらい何でもありませんわ。あれだけの大人数なんですからひとりふたり増えても減ってもわからないようなものですもの。良いかたに来ていただけたって、うちでも喜んでおりますのよ。そうそう、悦子さんに御相談したいと思ってたんですけど、何かこう、小さい子供の音楽のおけいこに参考になる御本は、ありませんでしょうかしら？」

「幸子ちゃんが、ごらんになる？」

「いいえ。親のための本ですの。悦子さんは、音楽教育の方は御専門ですけど、しろうとの母親でもわかるようなのが何かないでしょうかねえ」

「そうですね。では、あした見て来ましょう。そういう参考書もいろいろ出ていますから」

その時、今まで黙ってはしを動かしていた英一さんが、兄の方を向いて尋ねた。

「ヒヨドリジョウゴという植物は、毒草なんですか？」

「ヒヨドリジョウゴ？」

兄は、すき通った茶色のひとみを瞬かせて、相手の顔を見やった。

「そう、あれは有毒植物です。山なんかに行くとよく生えていますが、葉柄《ようへい》を物にからみつけてのびて行く一種のつる草で、赤い粒になった実がなるんです。いったいに、ナス科の植物には、有毒なものがたくさんありますね」

「ナス科？　そんな野生のつる草が、ナスの仲間なんですか？」

「そうですよ」

と、兄はおもしろそうに、

「女の子が鳴らすホオズキも、ナス科です。トウガラシも、それからタバコも――。ホオズキやトウガラシは毒ではないが、タバコはやはり有毒植物でしょう？」

「では、シキミというやつは？」

「シキミは、モクレン科です。小喬木というんですが、草じゃなくて木ですね。つやのあるきれいな実がなるんだが、これは猛毒で、子供が食べて死んだりします。もともと『悪《あ》しき実』と呼ばれていたのが、シキミという名になったというくらいで――。君は、有毒植物の研究でもしていられるんですか？」

「研究というほどのことではありません。しかし、僕も将来医者になるのだから、一応知っておいた方がいいと思うのです。今の話じゃないが、子供が毒の実を食って中毒を起しても何の植物かわからんというのでは困る。実はきのう、友だちの所から、有毒植物の標本と称するものを数種もらって来たんですが、カードがなくなって何という草かわからないのが一つあるんです」

「どんな形をしてるんです？」

兄は、のり出した。雄太郎兄貴は、草っ葉のこととなると、とたんに出しゃばりになる。英一さんも、自分に興味のある話題なら、案外よくしゃべるらしい。指先でテーブルの上に植物の形をかいて説明しかけたが、

「実物を見せた方が早いな。僕の部屋へ来てくれませんか」

「見せてください」

兄は、いきなり立ちあがりかけた。皆、食事はもう終っていた。

「まあ、お食後だけあがってからになさいよ」

と、敏枝夫人が言った。女中のカヨさんが、見事な水蜜桃をガラスばちに盛って、運んで来たところだった。

「わたしは、ユリの所へ行って、いただこうかねえ。もしかしたら、あの子も食べると言うかもしれないから」

桑田のおばあちゃんは、自分の桃をお皿にのせて茶の間を出て行った。それと入れ代わりに顔を出したのは、野田看護婦だった。

「先生。沢井さんが、またみえました。坊ちゃんのやけどが、大分痛むそうで」

そう言いながら、くすくす笑っている。

「そうか、すぐ行く」

幸子ちゃんをひざにのせて桃の皮をむいてやっていた兼彦氏は、少し残念そうに娘を抱き上げて、ざぶとんの上におろした。

「これだけ召し上ってからで、いいじゃありません？　沢井さんてば、いつだって大げさなんですもの」

と、敏枝夫人は不服そうだ。今夜の桃が御自慢なのかもしれない。兼彦氏は、仕事をゆるがせに出来ない性分とみえ、

「うむ。しかし――ちょっと行ってみて来よう」

と、おみこしをあげた。

やがて私たちも、招待のお礼を言って、英一さんといっしょに立ちあがった。幸子ちゃんは、あごをべとべとにしながら桃をかじっていたが、そろそろ眠そうなとろんとした目で「さよなら」を言った。

英一さんの書斎は、家の東側にあたる八畳の和室だった。窓ぎわに勉強づくえと腰掛があって、その横に本のぎっしり並んだ大きな書だなが二つあった。すべてが、あるじの性格を思わせるきちょうめんさで、きちんと整頓されていた。書だなには、専門の医学書が大部分と、あとは原子力だの昆虫の生態だのといった通俗科学書で、文学や美術の本は、見渡した範囲では一冊もなかった。窓と反対側の窓ぎわにも、小さな組立ての本だながあり、そのそばにもう一つのデスクがあったが、この方は書き物用ではなく、書類や事典などを置いておくのに用いられているらしかった。英一さんは、二つ並んだ大きな書だなの前に歩み寄ったが、首をかしげて、

「おかしいな。箱がない」

「どんな箱ですか？」

と、兄が尋ねた。

「このくらいの平たいボール箱なんです」

「それなら、その箱、ここの上に置いてあったんじゃありませんの？」

と、私は壁ぎわの書類ののっているつくえを指さして言った。

「いや、たしかに書だなの上に置いたのです。なぜ、つくえの上だなんて言われるのです？」

「なぜって――このつくえの上に、何か置いてあった跡がありますもの。丁度箱ぐらいの大きさの四角な物」

つくえの上には、三分の一ほどの面積にレポート類が積みあげられているが、あとの三分の二は何も載っていない。そのチョコレート色の板の上に、ほこりが、小型のスーツケースくらいの長方形を残して、うっすりと積もっていた。たしかにそこには、つい最近まで、何か四角い箱のような物が、置かれてあったに違いなかった。英一さんは、例の用心深い目の色で、じっと私を見つめた。それから、かむりを振って、

「そこに置いてあったのは、ボール箱ではありません。僕が人から預った品物を、一週間ほど置きっ放してあったのを、さっき持って行って返して来たのです。――しかし、相当な観察眼だな。そこの本箱にあるような本、お好きなんじゃないんですか？」

と、小さな組立て本だなを指さした。言われるまでもなく私は、そこに、おもしろそうな探偵小説が並んでいるのに、とっくに気がついていた。すでに読んだのもあるが、読んでいない方が多かった。私は笑って言った。

「ええ、大好き。英一さんもファンですの？」

「いや。それは敬二の本なのです」

「敬二さんの？」

「僕の弟です。この部屋は弟とふたりの共有だったのですが、弟が下宿してからは、僕のひとり天下なんです。よかったら読んでください。あいつは夏休みになっても帰って来そうもない」

私は本だなをのぞき込んだ。「ＡＢＣ殺人事件」「赤い家の秘密」「血の収穫」――名の売れた一級品は、たいていあるようだ。「Ｘの悲劇」と「カナリヤ殺人事件」の間が丁度二冊分くらいすいているのは、だれかが借りて行ったのだろうか。「カナリヤ」の上のたち目の所に、はっきりと、ななめにこすったほこりの跡がついている。私も貸してもらっちゃおうかな、と思った時、兄が、

「あ、これじゃないんですか？　その箱って」

言いながら、積み重ねた新聞紙の下からボール箱をひっぱり出した。

「それだそれだ。カヨでしょう。いつも掃除の時に、部屋の中をひっくり返してしまう」

英一さんは、不機嫌にくちびるを引き締めて箱のふたを取った。自分の持ち物を、みだりにいじられるのが嫌いなのだろう。

「どれ？　ああ、この草ですか？」

兄は早速のぞき込んだ。

「これはヤマトリカブトですね。花の部分には毒がないが、根にアコニチンをふくんでいるのです。この標本は相当傷んでいてわかりにくいから、必要なら今度僕が作ってあげましょう。ほう？　ずいぶんいろんな物があるなあ」

兄は標本を一つ一つ取り出して、さながら切手マニアがコレクションのアルバムを眺める時のように、楽しげに眺め入った。私は、そんな枯れた草よりか、探偵小説の方がいい。おもしろそうなのを物色しながら英一さんに言った。

「おうちでは、どなたかお読みになりませんの？　これとこれ、拝借してもいいかしら？」

「どうぞ。ゆっくり読んでください。母やユリは、こんな本を読むと夜便所に行けなくなると言うし、父は探偵小説はどれもこしらえ物だと言って読みません。僕も同感ですね。最初から不合理な筋を、無理やりこじつけて、でっち上げるんですからね。こういった種類の読み物は」

こしらえ物だろうが、でっち上げだろうが、かまやしない。私はこれが好きなのだから。結局私は三冊借りて行くことにした。

英一さんのもとを辞して、帰りかけた時、廊下で桑田老夫人に出会った。兄が、

「ユリさん、いかがですか？」

と声をかけた。

「え、ありがとうございます」

おばあちゃんは、何かあわてたように、絽《ろ》のひとえものの片そでを、胸の所に押しあてて答えた。

「たいしたことございませんようです。暑気あたりか何かでございましょ」

「おうちにお医者様がいらっしゃると、どなたか御病気の時はいいですわね。安心で――」

私が言うと老夫人は当惑げに、

「それがあの子、どうしてもだだをこねて、みてもらいたがらないんですの。ほんとに困った子で――。何とかなるとよろしいんですけど。では、ごめんなさいませ」

彼女は、そそくさとげたをはくと、脇玄関の戸をあけて外のやみの中に出て行った。格子戸を閉めながらも、片手を胸にあてているのが、そでの中に何かをかくしてでもいるような感じだった。

しかし、それ以上は気にもとめず、私と兄は自分の室に戻った。

七月五日　日曜日

猛烈に暑い日だった。私は、一メートル四五センチ、六〇キログラムの肉体をもてあましながら、炎天下を歩いていた。

私の両親——疎開先の信州に住みついて土地の高校の数学教師をしている変屈屋の父と、お料理の得意な陽気な母と——は、子供を平等にかわいがる点では、まさに理想的な親だったが、ただ一つの点だけでは、はなはだしい不平等を犯していた。すなわち、兄の雄太郎には、かもいにとどくほどの身長を与え、妹の私には、おかめどんぐりみたいな、ずんぐりむっくりの体しかくれなかったのだ。私は今でも、時々このことで母にくってかかる。ただ、運動神経の点だけでは、私は兄貴にまさるとも劣らないだけの遺産を、すでにもらっていた。この運動神経というやつは、しばしば身長の不足を補ってくれるものだ。

箱崎医院の門が目の前に近づいて来た。私は、ほっとして汗をぬぐった。夏休み中、アルバイトをほかの人に譲ったので、きょうから当分は自由の体だった。兄は、きょうは用があって夜まで帰らないらしいが、あしたからは暇になるはずだ。そしたら、しばらくふたりで信州へ行くことができる。春休みには都合で帰れなかったので、両親は、私たちの帰省を、とうから待ちかねているのだった。

門をはいると、医院の大玄関の前で、見知らぬ老人が草をむしっていた。近くの農家からでも、やとわれて来たらしい。ここのうちなどは敷地も広いし、商売がら外まわりをすっきりしておかねばならないから、夏になると草取りが一仕事だろう。箱崎医院が商売繁昌していることは、越して来て一日しかたっていない私にもわかった。紹介者の牧村さんが言っていたとおり、兼彦院長は、もちまえの慎重な性格のために、診断が確かで手術もうまく、それに患者を大切にするので、相当遠方からも評判を聞いてやって来る人があるらしい。もっとも、私がはいって行ったこの時には、待合室には外来患者の姿はなく、涼しげな青い影がひろがっていた。だれが掛け替えたのか、窓のカーテンが真新しい空色のに替えられていたのだ。

階段の下の三角になった空間に、野田さんが、いすに腰掛けていねむりをしていた。ひざの上に婦人雑誌が一冊、開かれたままになっている。私が近づくと、彼女ははっと目をひらいた。

「あら、眠ってたのかしら？　あたし」

　野田さんは、人がよさそうに、らんぐい歯を見せて笑った。

「こう暑いと、患者さんも、なるたけ朝や夕方を選んで来るでしょ。暇だと、よけい眠たくなっちゃうわ」

　その時、診察室のドアがあいた。出て来たのは、そばかすのいっぱいある、大がらの看護婦だった。箱崎医院には三人の看護婦がいる。この人見《ひとみ》看護婦という人は、家永看護婦と同じくらいの年輩で、おもに薬の方を受持っているらしかった。

「あ、人見君」

　と、診察室の中から兼彦氏の声が呼びとめた。

「それからね、山田さんから薬取りに来たら、軟膏の方は、もうそんなにたびたび取り替えないでいいと言っといてくれ。朝晩二回ぐらいでいいから」

「はい」

　人見看護婦は、ドアをしめると待合室を横切って薬局の方に歩いて行った。それと同時に階段をだれか降りて来る足音がした。平坂勝也氏だった。しばらく引きこもっていたため顔色は生白《なまじろ》いが、がっしりした体格で、病人のようには見えなかった。のりのきいたゆかたに黒いヘコ帯を締めた平坂氏は、象牙のパイプにさしたシガレットを悠然と吸いながら、大玄関から外へ出て行った。

「ねえねえ、悦子さん」

野田さんが私のそでをひっぱって言った。

「あの平坂さんね、奥さんをうちに帰しちゃったのよ」

「もうよくなって付添がいらなくなったの？」

「そう言えばそうだけど、なにもあんなに追い出すようにしなくたって——。もう二、三日すれば退院でしょう？　それまで奥さん、そばに置いてあげればいいじゃないのねえ。きょうのお昼前になって、急に帰れって言い出したのよ。おれはもう看護人など要らん。主婦がいつまでも、うちを明けていて、いいと思うか、とか言ってね。先生も見かねて、もう二、三日だからって、とりなしたんだけどだめなのよ。手前がってで、言い出したらきかない人なんだから——。それに、うっかりしくじったようなことでも許すなんて気がないのね。雷を落すならまだいいけど、とっても意地悪な、ねちねちした仕返しをするのよ。このあいだも、奥さんが歯みがき粉を間違えて。——」

「野田さん」

うしろで声がした。家永さんだ。野田さんは、はじかれたようにとび上って、ほうきを手に取ると、そこらをはき始めた。私は笑わずにはいられなかった。

それから私は、境のドアをあけて、はなれの方にはいって行った。敏枝夫人に、買って来た本、「幼児の音楽教育」を渡そうと思ったのだ。

夫人は、女中のカヨさんを相手に、裏庭で張り物をしていた。私が、本を買って来たむねを告げると、急いで手をふいて、

「まあ、ありがとうございます。せいぜい勉強しますわ。わからないところは、悦子さんに教えていただいて――」

などと言いながら、本の定価、二八〇円也を払ってくれた。

突然、足音をたてて幸子ちゃんが駆けて来た。幸子ちゃんは、

「おかあちゃまあ、チミがいないの」

と言うなり、わっと泣き出した。

「おや、チミが？　幸子ちゃんと遊んでたんじゃないの？」

「いないのよう、いないのよう」

「そんな大きな声出さないの。英一にいちゃんがお勉強でしょ。おかあちゃまね、これだけ張っちゃったら探してあげるから、お待ちなさいね」

「いやあ、今探して。――ねえ悦子ねえちゃん、チミ探してよう」

幸子ちゃんは、私の腰にしがみついてわめいた。

「幸子、わからないこと言わないの」

夫人がたしなめても聞かばこそだ。私を引っぱって歩き出した。私はしかたなく、引っぱられて行った。家中をぐるぐる歩いたが、ネコはいない。ピアノのある洋間を通り抜けた時、どこかで妙な音がした。たれかが板戸をごとごとやっているような音だ。

「あれ、なあに?」

幸子ちゃんも聞き耳を立てた。

「どこかの戸を開けようとしているみたいね」

「チミが?」

「チミじゃないでしょう。チミだったら、にゃごにゃご鳴くはずだわ」

でも私たちは、手をつないで音のする方に行ってみた。薄暗い廊下のつきあたりに、外に出る戸口がある。ガラス戸があけはなしになっているので、夏の日が目に鮮かにうつった。廊下の右手に黒ずんだ板戸が二枚はまっていた。音は、その中から聞えるのだ。幸子ちゃんが駆けよって、小さなこぶしで板戸をどんどんたたきながら呼んだ。

「だあれ？　チミ？」

「幸子かい？　ちょっとカギを開けておくれ。とどくかしら？」

その声は、桑田老夫人だった。

「なあんだ。おばあちゃまかあ」

幸子ちゃんが、がっかりした声を出した。板戸の中ほどに、ねじ込みの錠がついていた。ここの家は、台所にも風呂場にも、廊下に出る側の戸に錠がついている。泥棒にはいられた時、被害がほかの部屋に及ばないで食いとめられるためだろう。

私は、ねじをはずして声をかけた。

「はずしました。あきますわ」
二、三秒、答えがなかった。私の声が意外だったので、考えているような気配だった。が、やがて板戸ががらりと開いて老夫人が顔を出した。そこは、暗い、かびくさい部屋で、古めかしいつづらや、がらくたが、ごたごたつっこんであるのが見えた。
「悦子さんでしたの。どうも」

老夫人は、困ったような、てれたような笑顔を作って言った。

「探し物をしていたら、閉め込まれてしまって――」

「だれがカギかけたの？　おばあちゃま」

幸子ちゃんが、あお向いて尋ねた。

「さあ、きっと、おかあちゃまか、カヨさんでしょうよ。おばあちゃまは、あそこの箱のかげにいたから見えなかったのでしょうね」

それから老夫人は、少しためらうように小声で言った。

「幸子。おばあちゃまが、おなんどに閉め込まれたなんて、言うんじゃないのよ、だれにも」

「どうしてえ？」

「どうしてって――きまりが悪いじゃないの、え？」

幸子ちゃんはうなずいた。私も、さりげなくうなずいて見せながら、尋ねた。

「あのう、私たち、チミを探しているんですけど、このお部屋の中には、いませんかしら？　どこかへ行ってしまったんですの」

「チミ――とねえ。わたしについて来て、足もとをちょろちょろしてたんですけど。はて、どこへはいり込んだんでしょ」

老夫人は、赤ちゃけた電灯の光を、物置き部屋のすみずみに向けてみた。

「いませんね。幸子ちゃん、行きましょう。縁の下にでもはいっているのよ、きっと」

私は、幸子ちゃんをうながしてその場を去った。桑田のおばあちゃんは、自分があそこにいたのをだれにも知られたくないのだ。そうでなかったら大声で人を呼ぶはずだ。それをしないで、ごとごとやって、ひとりであけようと苦心していたのは、何か人に見られると笑われそうな大時代な品物でも探していたのだろうか？　それはそうと、ネコは結局見つからなかった。私たちは、ふり出しに戻った。

「すみません。この子、聞きわけがなくて」

敏枝夫人は、乾いた板の布をはがしながら、気ぜわしそうにふり返った。

「いないんですのよ。外へ遊びに行ったのでしょうか？」

「そんなことないと思うんですけどね。もらって来て、まだ十日くらいしかたたないし、人なつこいネコで、人の行く所だけついて歩くんですの。外へ出ると言っても庭ぐらいで」

私は、いい加減の時を見はからって、その場を引きあげた。そうそうネコ探しばかりやらされては、かなわない。

ドアをノックされて、私は、読みふけっていた探偵小説から顔を上げた。

「ちょっと、悦子さん」

声は、野田さんだった。

「どうぞ。押せばあくわ」

私は、やや突っけんどんに答えた。折角おもしろい所なのに、あのおしゃべりに割り込まれては、やりきれない気がしたのだ。

だが、野田さんの用事は、思いもかけないものだった。

「悦子さん。あなた、平坂さんをごらんになりませんでした？」

ドアをあけるなり、彼女は、いつになくていねいなことばで尋ねた。私は、ふき出した。

「ごらんになりませんでした？って、さっき階段の所で会ったじゃないの。あなたとふたりでいた時に――」

「いえ、それからあとにです」

「見ないわ、どうしたっていうの？」

「平坂さんがね……いないのよ」

野田さんは声を低めた。とび離れた目が、不安の表情をおびていた。

「いないって――さっき出かけたきり、帰って来ないの？」

「出かけたのなら、いなくたってふしぎはないけれど、あの人外へは出ていないのよ」

野田さんは、幽霊の足音を聞きでもしたように、そっとうしろをふり返ってささやいた。

「あの人ね、玄関から出て行ったけれど、門から外へは出なかったのよ。表門の所には、松造さんというお百姓の人が草取りをしていたし、裏口の方では、奥さんとカヨさんが、張り物してたんですって。その三人ともが、平坂さんが出て行くのを見なかったと言ってるのよ。変だと思わない？　悦子さん」

「そんなら、どっかにいるはずじゃないの」

私は少しいらいらして言った。

「いったい、いなくなったってことは、いつわかったの？」

「今までわからなかったのよ。あの人部屋にひとりっきりだったから。――私が四時の検温に回った時には、二号室は空《から》っぽだったわ。私、お便所かしらと思って、しばらく待ってみたけど、帰って来ないから次の室へ行ったの。そして、そのまま平坂さんのことは忘れちゃったのよ。だって、あの人ほんとはもう、熱なんか計る必要ないんですもの。それから五時になって、カヨさんが夕飯を運んで来てくれたので、各室に配ったの。二号室へは人見さんが運んだんだけど、すぐ戻って来て、『野田さん、平坂さんいないのね』っていうんでしょう、私びっくりして検温の時にも見えなかったって言ったの。無断外出したのかと思って、いろんな人に聞いてみたら、表門からも裏からも出ないっていうんですもの」

「ねえ野田さん。私とあなたが階段の所で立ち話をしてて平坂さんを見かけたのは、二時ちょっと前だったわね。たしか二時十五分くらい前――」

私は、つくえの前から立ち上りながら、腕時計を見た。五時十八分だった。私は、また尋ねた。

「で、平坂さんの姿を見たのは、私と野田さんが最後なの?」

「ううん。最後に見たのは松造さんよ。松さんが、玄関の前の花壇で、ヒマワリの支柱を立てなおしていたら、玄関から出て来た平坂さんが立ちどまって、花のことをあれこれ聞いたそうよ。そして五分か十分タバコを吸ってから、家の横手の方に曲って行ったんですって。だから、門から外へは出なかったのよ」

「家の横手っていうと――薬局の角ね」

野田さんと私は廊下に出た。家の中が、何となくざわざわしていた。入院患者や付添の家族が、それぞれの室の戸口まで出て、好奇的な目であたりを見回していた。人見・家永両看護婦が、空の病室やふとん部屋の戸まであけて、のぞき込んで見ていた。

　下へおりて行くと、待合室の中央に当惑顔の兼彦氏がつっ立っていた。ちょうど、はなれとの境のドアがあいて、敏枝夫人が出て来たところだった。

「あなた」

　と、夫人は心持ち青ざめた顔で、夫の方へ歩み寄りながら呼びかけた。

「も一つ、おかしなことがありますのよ。おばあちゃまが見えないんですの」

「おばあちゃんが？」

　兼彦氏は、目を大きく見ひらいて夫人の顔を見つめた。

「見えないって、いつから見えないんだ？」

「午後ずっとなんです。私、カヨに聞いてみたら、お召しかえになって、お出かけになりましたって言うから、気にもかけなかったんです。つい今になって、平坂さんの姿が見えないというから、おばあちゃまのことも思い出して、もう一度カヨに問いただしたんです。そしたらどうもおかしいんですよ」

　夫人は、ちょっとことばを切ったが、またすぐ続けて、

「午後一時半ころだったそうです。カヨが、洗い
はりをする布地を取りに六畳に行くと、おばあちゃまが、タンスから矢ガスリの外出着を出しているので、『お出かけで

すか？』って聞いたんですって。おばあちゃまは、『ああ、ちょっと出て来るからね。ひとりで着がえするから敏枝には言わないでいいよ』って言ったので、カヨはそのまま裏へ行って、張り物を始めたと言うんです」

「するとカヨは、おばあちゃんが実際に出て行く所は見たわけではないのかね？」

「そうなんですの。その上また、松造さんまで、おばあちゃまが門を出て行くのを見なかったって言うのです。変じゃありません？　裏口には、私とカヨがいたんですし――」

「たしかなのかい？　それは」

兼彦氏は疑わしそうに問い返した。

「松造さんの方は何とも言えませんが、裏口の方はまちがいありませんわ。私、四時すぎまで裏庭にいたんですもの。カヨは夕御飯のしたくがあるので先にはいりましたけど」

「四時からあとは？」

「私が家にはいってからは、英一がいましたわ。裏木戸の所は、夕方は日かげになって涼しいので、英一はデッキ・チェアを持ち出して本を読むんですの。あの子は目ざといですから、だれか出て行くのに気づかないなんてことは絶対にないでしょう」

「そうだなあ。しかし平坂氏とうちのおばあちゃんが一しょに出かけるということも、ちょっと考えられないが」

「そこなんですよ。何の関係もない人同士じゃありませんかねえ。おばあちゃまは、平坂さんの顔も知らないでしょうよ。名前ぐらいは聞いているかもしれないけど。——私、何だか薄気味が悪くって——。おまけにネコまでいなくなるし」

「ネコ？　チミかね？」

「そうなんです。幸子が泣いてしようがないんだけど、どこにもいないんですもの。そうそう悦子さん」

敏枝夫人は、初めて私の存在が目にはいったらしく、話しかけて来た。

「幸子がわがままを言うので、悦子さんが探してくださったんでしたわね。あの時、うちの年寄り、ごらんになりませんでした？」

「いいえ」

と答えたものの、私はいささかどぎまぎした。今の話がほんとうとすると、桑田老夫人の姿を最後に見たのは、幸子ちゃんと、この私に違いない。私が物置き部屋から出してあげた時、老夫人は、折目のきちんとついた、細かい矢ガスリの薄物を着ていたのだ。ありのままのことを言ってしまったものだろうか？　でも彼女は自分が物置き部屋にいたことを人に知られたくない様子だった――。幸子ちゃんがしゃべったら、私がかくしていたことも知れてしまうのだけれど、そうなったらその時だ。

私は、はらを決めてその場を離れた。

玄関を出て、薬局の角を曲ると、私はゆっくりとあたりを見回した。この家のこちら側に回ってみたのは、これが初めてだった。この側には、薬局、待合室、手術室の三つがあるわけなのだが、窓は真中の待合室の部分にあるだけで、空色のリップルのカーテンが揺れているのが見えた。きょうの午後二時少し前ごろ、あの窓から外を眺めていた者があったら、平坂氏の消息がもう少しはっきりわかったのだろうが、あいにくあの時刻には、外来患者はひとりも来ていなかった。

私は、問題の時刻に家の人々のいた位置を、思い浮べてみた。まず私自身と野田さんは階段の下で立ち話をしていた。兼彦氏は診察室に。人見さんは薬局に。家永さんは、野田さんのおしゃべりをたしなめたあと、看護婦室の前の柱鏡の所に。それから松造じいさんは、大玄関の前の花壇に。――これらの人々は、私がネコ探しから戻って来た時もまだ、それぞれの場所にいたから、平坂氏の行動を目撃するのは不可能だったわけだ。二階にいた六、七人の患者と付添も、それぞれ自分の室にいたものとすれば、平坂氏の姿を見なかったと言っているのは、ウソとは思われなかった。ただし平坂氏が家の横を通り抜けて、裏の果樹の植えてある方まで回って行ったとすれば、また話は別で、いくらも人の目に触れる機会はあるはずだった。

　私は、板べいにそって、ぶらぶら歩いて行った。平坂氏の行方不明が問題になった時、この方面は真先に探されたに違いないから、今さら私が歩き回ったところで新しい手がかりを発見できるとも思えないが、一応自分の目でたしかめないことには、私の好奇心が納まらなかった。

　板べいは私がすでに見て知っている表の方のへいと同じく、高さが二メートル余りあって、さらにその上に、十二センチくらいの、先のとがった鉄棒が、並んで植えられていた。おそらくは、この家の以前の住人が取りつけたものだろう。鉄棒は、すっかりさびているが、泥棒よけの役は十分果していそうに見えた。大の男でも、ふみ台なしでこのへいをのり越えるのは、非常な難事に違いない。いくらたくましいと言っても、病後で、しかも着流し、ゲタばきの平坂氏が、このへいをのり越えられたとは信じ難いし、ましてや七十のおばあちゃんにできる仕事ではなかった。

　家の北西の角に近く、四本の高いいちょうの木が並んでいる下のあたりに、土がやや小高くもり上った所があった。近づいて反対側に回ってみると、ぽっかりと黒く、四角の口が開いていた。防空壕だ。箱崎家では、この家を終戦後買ったのだから、こ

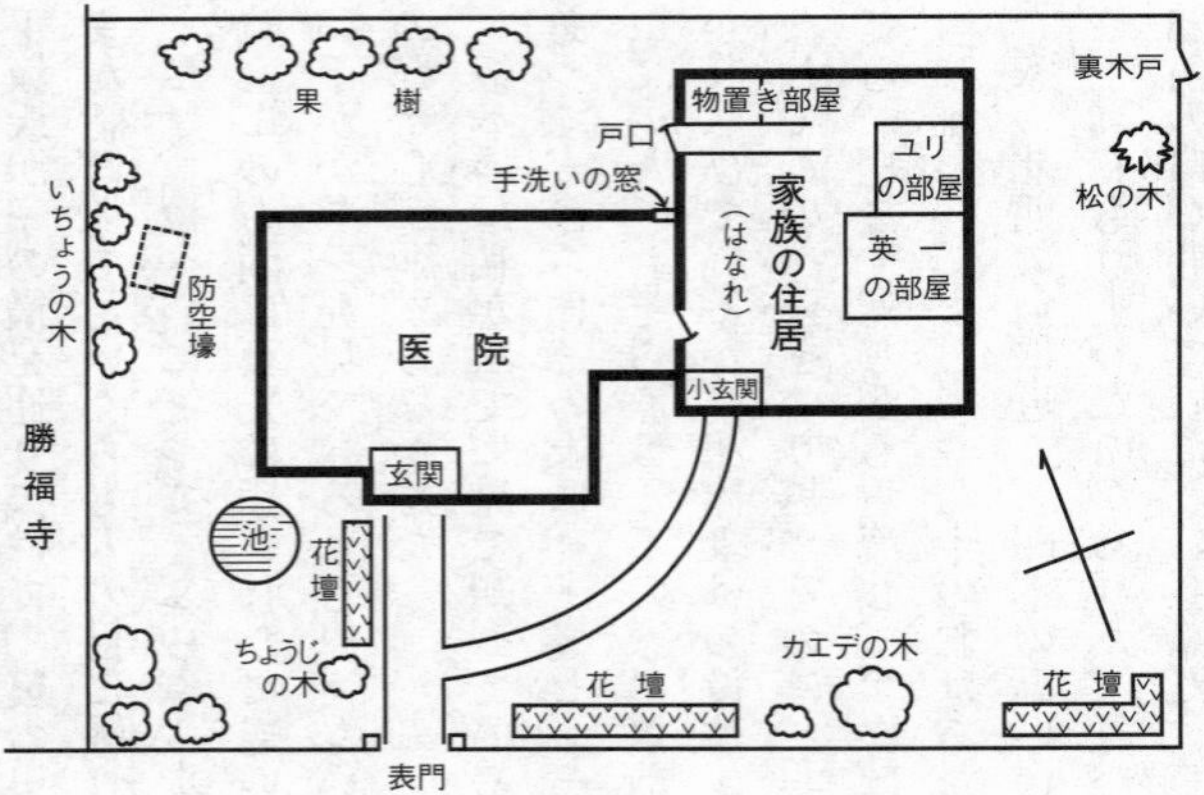

付図2

の壕もやはり前の主人がこしらえたものに違いない。私は、くずれかかった石段をふみしめて、壕の中におりてみた。湿気と熱で、空気までが、重苦しくべとついて感じられた。中は三畳敷ぐらいの広さで、入口と反対の奥は、ほとんど光もとどかない薄暗さだったが、もちろん人の姿などはどこにもなかった。ふたたび太陽の下にはい出した時、私はぺっとつばをはいた。くもの巣が、顔にひっかかったのだ。

私は、さらに裏手の方まで回ってみた。カキ、ナシ、スモモなどの、よく手入れの行きとどいた木が、適当な間隔をおいて植えられている。カキは、径三センチくらいの青い実を鈴なりにつけていた。それらの木々の下を、ねん入りに調べて回ったけれ

ど、足あと一つ目に留まらなかった。地面が乾いているので足あとは全然つかないのだ。（付図2）

ついに私は、敏枝夫人、英一さん、松造じいさん等の中のだれかが、ウソを言ったのだと結論しないわけには行かなかった。故意のウソでないにしろ、思い違いをしているのだ。忍術使いではあるまいし、表門か裏木戸を通らないで、このへいの中から姿を消すことなどできるわけはない。

私が表の方へ戻って来ると、門の前に自動車が止まって、平坂清子夫人がおりて来るところだった。電話で知らせを受けて、かけつけたのだろう。兼彦氏と敏枝夫人が、待ちかねたように、むかえに出て、いろいろと尋ねているが、清子夫人は、その一言一言にかむりをふって、心当りがないといった表情だった。

私の腕時計の針は、六時を回っていた。

箱崎医院の廊下にも、待合室にも、一種不愉快なガス体が充満していた。だれかがシュッとマッチをすりでもしたら、たちまちヒステリーの爆発を引き起しそうな、「緊張」と「不安」の混合体だった。この重苦しいガス体は、時間と共にその密度を増して行った。だれの胸にも、それが感じられた。だれもが、心の中にひっかかるような感じで、いなくなったふたりの人のことを考えていた。もっと正確に言えば、「ふたりの人が、どうやっていなくなったのか?」という、なぞの解答を考えていたのだ。分別のあるふたりのおとなが、無断で外出して帰りが少々遅くなったからと言って、人は、それほど心配するものではない。ところが、その外出が不可能な状況のもとに行われたと言うことになると、人の心は不安になる。人間がたれしも無意識の内に抱いている、時間と空間の法則に対する信頼の念が、揺らぎだすからだ。この不安をまぎらすために、家永看護婦は、タオルと石ケン箱を持ってフロ屋へ出かけた。そこで、野田看護婦は、頭痛がすると言って、早くから看護婦室に引きこもっていた。そこで、午後八時の検温は、人見看護婦が回るめぐり合わせになったのだ。

それは、八時を十分ばかり過ぎたころだった。私は、下のトイレにハンカチーフを置き忘れたのを思い出して、取りにおりた。その時、待合室の電話のベルが鳴った。看護婦諸嬢は、今言った理由で出払っていたので、私は深い考えもなく電話口に立った。

「箱崎医院です」

言いかけて私は思わず受話器をにぎりしめた。

「わたし、平坂ですが――」

と、男の声が言ったのだ。

「平坂ですが、清子来ておるでしょうか。家内ですがね」

「奥様なら二階に――。今すぐお呼びします」

私が言いかけるのを皆まで聞かず、

「あ、呼んでくださらなくて結構。言づてだけしてください。実はわたしは商用で――わかりますか？　商用――仕事の方の用件で、名古屋まで行って来なければならなくなったのです。三週間ほどで帰るからと言っておいてください。では失礼」

「あ、ちょっと」

あわてて呼びかけた時、電話が切れた。私は地団太踏んでベルを鳴らした。

「どうしたの？　悦子さん」

人見さんが、あきれ顔でうしろに立っていた。私は電話の件を告げた。

一分とたたないうちに、私のまわりには人垣ができ上っていた。

「すみません、御心配かけまして」

清子夫人が、複雑な表情で言った。

「ほんとに平坂氏からだったんでしょうね？」

兼彦氏は、半信半疑の面持だった。

「わたくし、あのかたの声をよく知らないんですけど——」

と、私は当惑しながら答えた。

「こう、ちょっと鼻にかかった、語尾を上げるくせのある——」

「そして、がらがら声で？」

と、清子夫人が、私が遠慮して言わなかったことをつけ加えた。

「主人ですわ、たしかに。ほんとに申訳ございません。こんなに御迷惑をおかけしながら一ことの御あいさつもしないで切ってしまうなんて」

「でもまあ、よろしゅうございましたわ。御無事でいらっしゃることがわかりましたから」

敏枝夫人が、いまいましさを抑えきれない声で言った。兼彦氏も清子夫人をにらむような目で見ながら、

「病後の体で名古屋まで旅行されると知っていたら、主治医として申上げておかなければならないことも、あったんですがね」

「申訳ございません」

と、清子夫人は、米つきバッタのように、おじぎを繰り返した。

三十分ほどすると、清子夫人は、すっかり荷物をまとめて自動車で帰って行った。

御本尊の病人がいなくて退院もおかしいが、やはり退院と呼ぶより仕方がなかった。

清子夫人が引き上げてしまうと、敏枝夫人は、こらえていた不安と口惜しさが爆発して泣き出した。兼彦氏は困り切って、心当りの親戚などへ電話をかけてみたが、おばあちゃんの消息はヨウとしてつかめなかった。平坂氏があれほど得手勝手でなかったら、どうやって医院を抜け出したかのなぞだけでも説明してもらえただろうに——と、人ごとながら私まで、むねがいらいらした。

もしここに、一つの突発事故が起らなかったら、兼彦院長は細君におしりをたたかれて、一晩中電話をかけ続けていなければならなかったに違いない。その突発事故というのは、こうだった。

清子夫人が出て行って、二十分もたたないころだった。大玄関のとびらがさっと開いて、兄の雄太郎がとび込んで来た。兄は、はいって来るなり、戸を一ぱいにあけ放して、

「ここですよ」

と、外に向かって呼んだ。

「おう、ありがとう」

太い返事とともに、ひとりの男が血まみれの女を肩に背負ってぬっとはいって来

た。場合が場合なので、私たちは皆ぎょっとした。野田さんは悲鳴を上げるし、一番冷静だった兼彦氏も一瞬ほおの筋肉を硬ばらせた。一日中、外出していて、きょうの事件を知らない兄だけは落ちつき払って、

「小型トラックに、はねられたんですよ」

と説明した。単なる交通事故であることがのみ込めた時、だれの顔にも、理窟抜きの安堵の色が浮んだ。医師と看護婦は、すぐ手当にかかり、私と兄は室に帰った。

私は、きょうの一部始終を、夢中になって兄に話して聞かせた。兄は黙って聞いていたが、最後に、ひたいに垂れかかった柔かい黒い髪をかき上げながらつぶやいた。

「あれは、何のことだったんだろう？　ゆうべ、おばあさんの言った、『何とかなるとよろしいんですけれど――』と言うのは？」

七月六日　月曜日

七号室のドアをあけるなり私は、まだベッドの上に寝そべっている兄に呼びかけた。

「にいさん」

「チミが帰って来たわよ。にいさん」

「チミって、何だい？」

兄は、ものうそうに寝返りをうって、私の顔を見上げた。

「チミはネコじゃないの。きのう、平坂氏やおばあちゃんがいなくなった時、一しょに行方不明になった――」

「そいつが帰って来たって？」

兄は、はだけた寝巻の前をかき合わせて、むっくり起き上った。

「そうよ。私、今顔を洗おうとして窓から下を見たら、チミが庭で草の葉にじゃれてるじゃないの。帰って来たんだわ」

「聞いてみよう」

兄は、あっという間に服を着、洗面もそこそこに下におりて行った。待合室の電話のそばに兼彦氏夫妻が、うれわしげな顔で立っていた。

「母ですか？　昨夜はとうとう帰らなかったんですの」

敏枝夫人が、私たちの問いに答えて言った。

「電話のある親戚や知り合いは、ゆうべのうちに問い合わせたんですけど、わからないので、けさは英一と看護婦の家永さんに方々回ってみてもらってますの。それでも知れなかったら警察へとどけなければならないかもしれませんわね」

「しかし、ネコが帰って来たそうじゃないですか？」

兄のことばに、夫人はあきれ顔で、

「ええ、ネコは帰って来ましたけど、ネコなんか――」

「ひとりで帰って来たんですか？」

「え？　ああネコですの？　いいえ、出入りのパン屋の若い者が連れて来てくれましたの。きのうのお昼過ぎ、お寺の境内でちょろちょろしてたのを、パン屋の子が見つけて連れて帰ったんですって。そうしたら、それがうちのネコだとわかったので、けさ早くとどけてくれましたのよ」

「お寺って、どこの寺です？」

「勝福寺ですよ、そこの。――すぐ隣なんですが表から行くとずいぶん遠まわりになります」

兼彦氏が、ななめうしろを指さして説明した。兄は、じっと考え込んだ。が、やがて顔を上げて、

「お宅には防空壕があるんですか？　悦子に聞きましたが」

「あります。使ったことはないんですが」

「その壕を見せていただいていいですか？」

兼彦氏と夫人は目をぱちくりさせた。私にも何で兄がそんなことを言い出したのかわからなかった。

「その壕の位置は勝福寺のすぐ近くなのじゃないですか？　もちろん間にへいがあるのでしょうが、距離からいうと」

「そう言えば、そうですわ」

と、夫人が不服そうに言った。

「それが、どうしたんですの？」

「いや、これは僕の想像に過ぎないんですが、その防空壕に、勝福寺に通じる抜穴でもあるんじゃないですか？　もしそうだとすると、平坂氏が門からも裏木戸からも出なかったという事実も説明がつきますし、あのネコは人の行く所について歩くくせがあるそうだから、平坂氏について抜穴にはいったということも考えられると思うのです」

「だって、そんな抜穴なんて——。あの壕にはそんな物ありませんわ」

「そうかもしれませんが、一応調べてみるだけでもいいと思うんですが」

「なるほど」

と、兼彦氏がうなった。

「とっぴな考えだが、全然あり得ないとは言えないなあ。戦時中は、防空壕に横穴を掘ることがはやったから——。しかし、この家に住んでいる私たちさえ知らないことを平坂氏が知っているなどということがあるでしょうか？」

「まあそれは調べてみてからのことですね。あるかないか、まだわからないんだから」

「何があるって言うんです？」

と、うしろで元気のいい声がした。五号室の患者の宮内技師が立っていた。兼彦氏が、兄の意見をかんたんに話して聞かせると、技師は手を大げさに振って叫んだ。

「そいつはおもしろい。僕も参加させてくださいよ。その探険に」

その声が大きかったので、看護婦や通り合わせた患者などが、そばへ寄って来た。はなれとの境のドアから、ふき掃除していたらしい女中までが、顔をのぞかせた。ユリさんは、きょうも加減が悪くて床についているとかで、はなれの方はひっそりしていた。

私たちは、ぞろぞろ連れだって外に出、防空壕の方へ歩いて行った。

「ずいぶん年月がたってるだろうに、しっかりした優秀な壕ですね」

兄が壕の口をのぞき込みながら言った。

「清川さんて、きっと臆病な人だったんですわ」

と、敏枝夫人がひとりごとのように言った。

「だれです？　清川って」

「この家に前住んでいたかたですわ。やはり開業医でね」

その話はそれまでで、まず兄が壕の中にもぐり込んだ。私がそれに続き、私のあとからは、物好きな宮内技師がついて下りた。壕の中は、きのうと変りないはずだが、気のせいか何となく不気味な物々しい感じがした。私は、もう一度しさいに壕の中を観察した。そこは、二メートルに三メートル足らずの広さで、満員電車なみの詰め方をすれば四十人でもはいれるかもしれないが、天井は、のっぽな兄の頭すれすれの高さしかなかった。四すみにはタールをぬった、太い支柱が立てられ、床はセメントで固められていた。入口の石段の横の所に、土の壁が一ヵ所、三十センチ角の四角いくぼみにくり取られているのは、ローソクなどを置くたなの役をしたものだろう。そこにローソクを置いた場合に、入口から光がもれるのを防ぐためであろうか、石段とくぼみとの間に、木の板で、つい立てのような、しきりのような物ができていたが、これはもう半ば朽《く》ちかけて傾いていた。そのあたりの黒土の壁にミミズの穴が一面にあいているのが、見て気持悪い感じだった。

兄は、さっきから頭のつかえそうな壕の中を、こつこつ靴音をたてて歩き回っていたが、突然、

「ここだ！」

と叫んだ。

「そら、音がちがう」

なるほど、セメントで塗り固めた床の一ヵ所が、他の部分とは違った響きをたてていた。

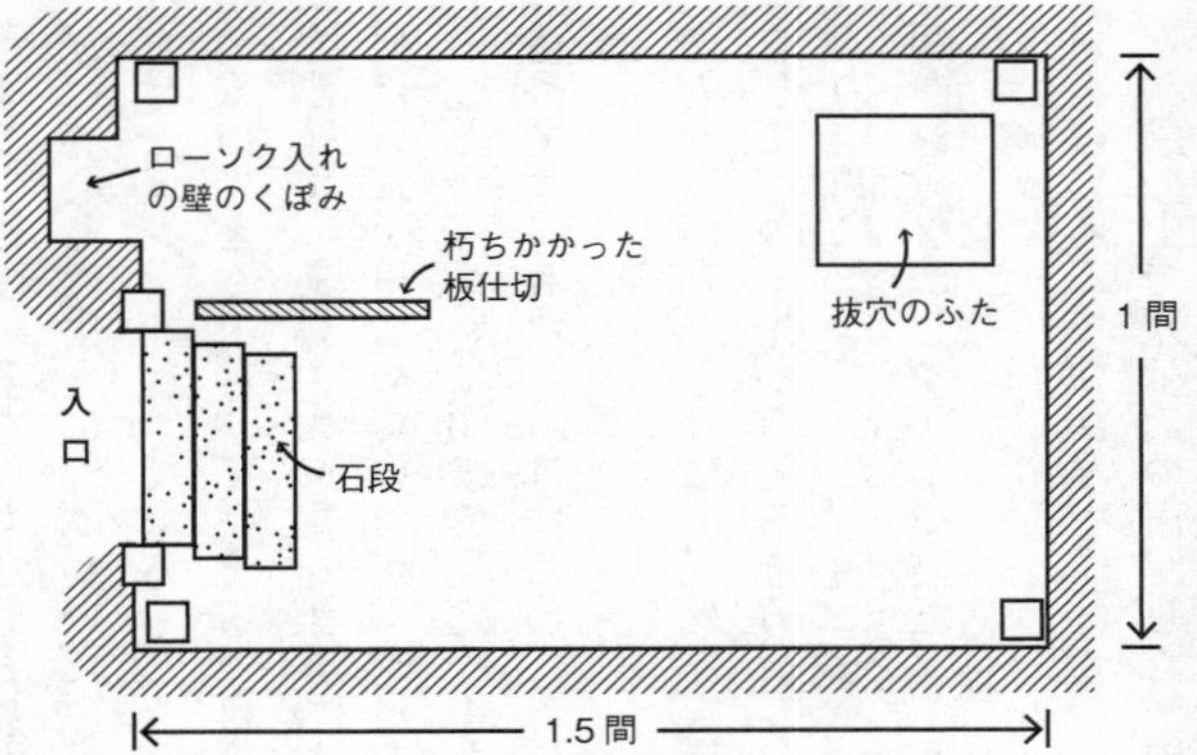

付図３　防空壕

「懐中電灯」

と兄が言った。そこは壕の一番奥の片すみなので、ほとんど手もとも見えない暗さだった。私は、ポケットに用意していた懐中電灯を出して兄に渡した。

「何かありましたか？」

入口から首を突っ込むようにのぞいていた兼彦氏が、声をはずませた。それには答えず、床の上にかがみ込んでセメントの表面を念入りに調べていた兄の手が、つと動いた。

「おっ！」

と、宮内技師がうなり声を立てた。床の一すみが切り取られたように、ななめに持ち上って、六十センチ平方くらいの真暗な穴が口をあけていた。（付図３）

「うまくできているな。ちょっと見たのではわからん」

兄は感心したようにつぶやいた。私は、あげぶたにさわってみた。木のわくに、表面だけセメントを塗ってあるらしく、思ったより軽く持ち上るのだった。宮内技師は壕の入口にとんで行って、まるで自分が発明した新型機械の説明でもするような得意気な調子で、あげぶたの事を集まった人たちに報告した。

兄は、穴をみつめていたが、両足をそろそろと穴の中に入れた。ひざから腰、胸、肩と沈んで、ついに頭まで見えなくなった。

「待ってよ、わたしもはいるわ」

「よし」

こもった声と一しょに、兄は体を横にずらして場所をあけてくれた。私は、兄のまねをして、つま先からそろそろ滑りおりた。床穴の下は、おとなひとりうずくまるくらいの空間になっていた。横にトンネルがのびて、その中に懐中電灯を持った兄の白い開襟シャツがしゃがんでいた。そうしなければ、私のために場所をあけることはできないのだった。

「君もはいるんですか？」

と、頭の上で兼彦氏の声がした。壕の中にはいって来たらしい。

「はいりますとも」

と答えたのは宮内技師だ。彼はまだ左手にほうたいを巻いてはいるが、本日退院予定だとかで、すごく張り切っていた。

兄がトンネルの中を、かがんで歩き出した。私があとに続きそのあとから技師がはいり込んで来た。

「ちょっとしたスリラーだな」

技師はトンネルの中を見回して、はしゃぐように大声で言った。

あかりを持った兄を先頭に、三人はゆっくりトンネルを進んだ。トンネルは、これもやはり、おとなひとりがかがんで通れるくらいの太さで、真直ぐ水平に続いていた。七、八メートルも進んだかと思う時、兄が立ち止った。電灯をなめ上に向けて、何かをふり仰いだ。

「どうしたの？」

「いや」

兄は首をふった。私たちは、ふたたび歩き出した。ものを言うと周囲の土に声を吸い取られるようで、変に物足りない。

「何だろう？」

不意に兄が言った。私は兄のうしろから首をのばした。懐中電灯の光の中に、白い物が見えた。一つ。二つ。二個だ。兄は、光をぐるりと回して、もう一歩進んだ。その瞬間、

「ああっ」

兄の体がぎくっと引きしまるのが、こっちにぴんと来た。

「人だ！　おばあさんだ、悦子」

「おばあさん？」

と叫んだのは、私でなくて宮内技師だった。

「いなくなったという、ばあさんですか？」

「死んでいる」

と兄がつぶやいた。最初目についた白い物は、老夫人の足だったのだ。

「早く出て、知らせなければ——」

兄のことばに技師はあわてて方向転換した。狭いトンネルで逆戻りするには、ビリにはいった人を先頭にして出るよりなかった。私たちは、あたふたと壕に向った。その時、兄が私の耳に口を寄せてささやいた。

「ゆっくり歩け、ゆっくり」

私にはその意味がわからなかった。が、言われるままに歩度をゆるめた。気の転倒した技師は、私たちが遅れるのも気づかずに急いだ。

「ここだ」

兄が足を止めた。そこは、さっきはいって来た時、兄が立ちどまった所だった。

「持ってろ、悦子」

兄は懐中電灯を上に向けて私に持たせ、ポケットからナイフを取り出して、パチンと刃をあけた。すばやい手が土の壁の一所にナイフの刃を突き立てた。土の中からえぐり出されたのは、径五センチばかりの円筒形のブリキかんだった。何か、薬の名前らしい英字が、かんの表面に印刷されていた。兄はブリキかんのふたをねじあけ、ころがり出た物をポケットにつっこんだ。それから、泥まみれのズボンのひざでかんを擦り、注意深くもとの穴に入れた。もとのとおりに土がかんをかくすまで十秒とはかからなかった。

「何なの？　にいさん」

「わからない。出るんだ、早く」

私たちは壕のあげぶたから上にはい上った。

「ほんとうですの？　ほんとうに死んでますの？」

敏枝夫人が気ちがいのように兄の腕をつかんで揺すぶった。

「すぐ手当すれば、何とかなるのじゃないか」

兼彦氏が、声をふるわせて抜穴にとび込もうとしたのを、兄が押し止どめた。

「だめです。脈にふれてみましたが、だいぶ前になくなったもののようです」

「どうして、死んだんでしょう？」

「首をしめられたのです。ひもではなく、手でやられたんですね。それ以上詳しいことは僕にはわかりません」

「殺人だったら、死体を引き出すより警察にとどける方がいいんじゃないですか？」

と技師が言った。

「そんな――。このまま放っとけって言うんですか？　あんたは」

夫人が技師に食ってかかった。

「しかし現場をいじることは禁物ですよ。手がかりがなくなってしまう」

と、技師もケンカごしでどなった。

「ともかく様子だけでも見て来なければ」

兼彦氏と、いつのまにか帰って来ていた英一さんが抜穴にはいって行った。宮内技師は、物好きにもまたあとを追った。

「僕らは服を着かえなければ。悦子」

と兄が言った。私たちは七号室に引き上げた。

室にはいると、兄はドアを閉め、内側にいすをかった。元来が入院患者のための室なので、ドアにはカギ穴だけあってカギがないのだった。

兄がポケットから取り出したのはエンジ色の皮張りの小さなケースだった。

「こんな物が、あそこに埋められていること、どうして知ってたの？」

「知ってなんかいるもんか。あの部分だけ土が平にならしたようになっていたので、妙に思っただけさ」

兄の指がケースのバネを押した。ぽっと、ふたがあいて、私たちの目の中に、きらめき込んだのは、美しいプラチナの指輪だった。純白のビロードのクッションの上に静かに安らっている指輪の前側に輝いているのは、白く光る大粒の石だ。

「ダイヤだな」

兄がつぶやいた。

だれがこれを抜穴になんかかくしたの？」

「わからない。ただわかっているのは、これがあの土の中に入れられたのは、ごく最近だということだけだ。かんがほとんどさびていなかったからね。おそらく五日とはたっていないのじゃないかな」

「にいさん」

私は声を低めた。

「これ、ユリさんの物じゃないかしら？　あの人、おとといから急に加減が悪くなったというんだけど、私は病気なんかじゃないと思ってるのよ。あの顔は何か苦にしている顔だったわ。兼彦氏がせっかく診察してやると言うのに、みてもらいたがらないというのも変じゃない？　あの人この指輪を盗まれたので半病人になったんだわ」

「なるほど、そういうことも考えられるな。彼女うちにいるのかしら？」

「いるはずよ。学校休んで寝ているって話だったわ」

「よし。悦子、行ってみろよ。しかし、ハナっから、そいつをあけて見せるんじゃないぜ。わかるだろう？　僕は、例の殺人の方を見て来るから」

私は、庭の方からはなれへ回った。家中の者が防空壕の所へ集まっているので、はなれは人の気配もなかった。ユリさんの部屋は夏だというのに障子を立て切って、しんとしていた。

「ユリさん」

障子の外から声をかけた私は、一瞬ぎくりとした。何も見えたわけではない。ただ、ものにおびえた人が飛びすさる時のような、身動きが感じられたのだ。私は縁側に駆け上って力まかせに障子を引きあけた。なぜそんな不作法を敢てする気になったのか、私には今もってわからない。たった今恐ろしいものを見て来たばかりの私は、危険に対する直感力が異常に鋭くなっていたのかもしれない。

障子を引きあけた私の目の前には、寝巻姿のユリさんの真青な顔があった。

「あっ、だめ。ユリさん！」

叫ぶより早く私は、相手にとびかかって、その手から小さなガラスびんをもぎ取っていた。

「あなた、どうしてこんなことをするの？」

私は、叱りとばすように言った。ユリさんは、まじまじと私の顔を見つめたが、そのまま畳の上にうつぶして泣き出した。

「ユリさん。言ってちょうだい。どうして死ななきゃならないの？　私に教えて――」

でも彼女は反抗的にかむりを振るばかりだった。

「教えてくれないのね。そんならいいわ。でも、この質問にだけは答えてちょうだい。ユリさん、あなた、このケースを見たことあって？」

ユリさんは心持ち顔を上げた。その目が、今にもとび出すかと思うほど見開かれた。彼女は、やにわに手をのばして私の手からケースを引ったくろうとした。私は、すかさずそれをうしろにかくして、

「だめよ、私の言うことに答えるまでは。——これは、だれの物なの？　あなたの？」

「私のです。死んだ母の形見なの」

「中身は？」

「指輪。プラチナの台にダイヤがはまっている。——ケースの裏に、ごく小さな金文字で、F・C・M・1878と書いてあるわ」

私はうなずいてケースを彼女の手に押しつけた。

「どこにありました？　これ」

と、彼女はあえぎあえぎ聞いた。

「知らないわ。うちの兄が見つけたのよ」

「それじゃ、あなたとお兄様だけしか御存知ないの？　悦子さん、お願いだから、指輪のことだれにも言わないで。ね、後生だから」

「いいわ。あなたが、あんな薬を飲まない約束をすればね。それからユリさん。いっ

たいつどうして、この指輪が紛失したのか、私に話してくれない？」

「話すわ。でも今はだめなの。頭が痛くて。――少し落ちついたらお礼を申し上げに行ってお話するわ。今は、私をひとりにしておいて」

私は、ちょっと考えてから立ち上った。

「いいわ。あなたを信用するわ。じゃ、お大事にね」

私は、わざと老夫人のことは言わずにそこを去った。彼女の部屋は、防空壕とは一番遠く離れているので、まだあの事件を知らずにいるに違いなかった。

庭を横切りながら、私はふと不安になった。もう一度引き返して、そこに干してある幸子ちゃんの寝小便ぶとんのかげから、首を出して見た。私は危うく声を立てるところだった。頭が痛むから、落ちつくまでそっとしておいてくれと言ったユリさんが、学校かばんを下げて、裏木戸を出て行くではないか。彼女は、いかにも気がせくふうで、腕時計を見い見い木戸を出ると、いっさんに走って見えなくなった。

壕からは、丁度老夫人の死体が引き出されたところだった。だれか交番へ電話したのか、制服の警官がふたり来ていた。死体は、きのう私が見た、細かい矢ガスリのひとえを着て、夏おびをきちんと締めていた。死体のそばにあったものだろう。紫チリメンのふろしきと新しいゲタが一足、かたわらにそろえられていた。

「死亡時刻は、見当つきますか？」

　警官のひとりが、兼彦氏をふり返った。兼彦氏は、真青な顔で、ちらと死体を眺めたが、すぐ顔をそむけて、

「一昼夜くらい、たっているように思います。胃の内容物を検査すれば、もっと正確なことがわかるはずですが、解剖などは警察で手続してやっていただけるんでしょうね？」

「無論です。それは」

　言っているところへ、警視庁の車が到着した。私は、これから始まる詳しい抜穴の捜査や、指紋の検出を見物したかったのだが、皆家の中にはいれとの命令に、しぶしぶ従わなければならなかった。

　刑事は三ダースに余る質問をして、その結果を一々手帳に記入した。

「被害者を最後に見た者は？」

　この質問が出された時、私は心の中で、――おいでなさった――と叫んだ。兄がうしろから私の背をぐいと突いた。兄に小突かれるまでもなく、私は物置き部屋での一件を、しゃべってしまうことに腹を決めていた。おばあさんを物置き部屋から出してやった事実は、早晩幸子ちゃんの口からもれるに相違ない。そうなってからでは、私

の立場は一そうまずいことになる。私は、一歩前に出ると口を切った。

「わたし、見ました。一番最後かどうかはわかりませんけど、きのうの午後二時――五分か十分前だったと思います」

「それは、どこで？」

色の浅黒い太った刑事は、ぎょろっとした目を私の顔にすえて言った。私は、逐一物語った。兼彦氏と敏枝夫人は、びっくりして、恨めしそうに私をにらんだ。

「私、忘れちゃってたんです。そんなに重要なことだなんて思わなかったものですから――」

私は、どもりどもり弁解した。事実私は、自分がもっと早く物置き部屋の一件を話していたら、気の毒な老夫人の一命を救うことができたろうとは考えられなかった。そう言う意味でなら、かくしていたことに対する良心の痛みは、ほとんど感じなかった。しかしそれかと言って、傷心の家族たちを前にして大きなつらをしているだけの心臓はなかったので、人々のうしろから起った次の一声に一同の注意が引きつけられた時には、真実、助かった！　という気持だった。

声の主は、小山田すみ子夫人だった。

「そんなら多分わたくしですわ。おまわりさん。――こちらの御隠居様を一番おしまいにお見かけしたのは」

小山田夫人は、顔を真赤にして左右の人々を押しのけ押しのけ、待合室の真中に進み出た。そして興奮に声をひっかからせながらしゃべり出した。

「ほんとにお見かけしましたのよ、わたくし、お手洗いの窓から。——御隠居様は、紫色のチリメンのふろしきで包んだ、こんなに大きな真四角のお荷物をかかえて、あちらの戸口から出ていらっしゃいましたわ。そして、お手洗いの窓のすぐ前を通って左の方へ歩いていらっしゃいましたわ」

「戸口というと、どこの戸口かね？」

刑事は、あたりを見回して尋ねた。

「いいえ、ここじゃありませんわよ。あのお手洗いの窓から見える戸口で——」

小山田夫人は、やっきになって説明した。彼女の意味するのが、例の物置き部屋の横手の戸口であることは、私には、すぐにわかった。が、この家の構造を知らない刑事は、実際に「お手洗いの窓」から首を突き出してみるまで、問題の戸口の位置がはっきりしなかったのは、是非もないことであった。

「で、それは何時頃だった？」

彼は席へ戻ると小山田夫人に質問を続けた。

「二時三分くらい前でしたわ」

夫人は自信あり気に胸をはって答えた。

「二時三分前、こまかいな。そんなに正確にわかるのかね？」

「わかりますとも。わたくしが時間をはっきり記憶しているのにはわけがありますの。もともとわたくしはその時、太陽灯をかけていただくために二階から下りて来たんですの。その途中でお手洗いにはいって、あそこの水道で手を洗おうとしていた時、御隠居様をお見かけしたんですわ。それからわたくし、診察室へ行こうとしましたら——いつも診察室で太陽灯をかけていただくものですからね、——行こうとしましたら、どこかのラジオが、『放送討論会を終ります』と言って、それから時報がポーンて鳴るのが聞えましたの。それでわたくし、そうそうきょうは日曜だから太陽灯はお休みの日だったっけと思い出して引き返して部屋に帰りましたの。放送討論会が終るのは、きっかり二時でございますものね、毎週日曜日の——。そんなわけで、この時間だけは絶対にまちがいありませんのよ」

「なるほど。で、被害者の服装は？」

「御隠居様のでございますか？　黒っぽい矢ガスリの、うす物のお召物で、アズキ色の帯をおしめになってましたわ。かさはお持ちにならないで、こんな大きな紫のふろしき包をかかえて――」

「奥さん。あんた、死体を見ましたか？」

刑事が、鋭く聞いた。小山田夫人は、大げさに首をのばして、

「わたくしが？　とんでもございません。ネズミの死がいを見ても、ふるえが止らないんですもの。ひと様の死がいなんて、お礼をくださるとおっしゃられても拝見したくはございませんわ」

彼女は、はでな格子じまのハンカチを取り出して鼻の頭の汗をふいた。

「ほかに、ふろしき包を持った被害者を見た者はないのかね？」

と、刑事は一同を見渡して言った。

「見ませんでしたね。わたしの室は手洗所の真上だが、その時刻には同室の桐野君と詰将棋をやってたから」

と、宮内技師が言った。

「わたしは、たしか診察室にいたように思うんだが、きのうとどいた医学雑誌でも読んでいたかもしれません」

と兼彦氏が言った。結局ふろしき包をかかえた老夫人の姿を見た者は、小山田夫人よりほかにはないということになった。彼女は、自分が最後の目撃者であるという事

実に、いたく満足を感じたらしく、ひとりでにほころんで来るくちびるを引きしめようと努力しながら後へさがった。

尋問はなおも続けられた。刑事は、仁木雄太郎が抜穴の存在を推理するに至ったいきさつに、非常な興味を——というより疑惑を持ったらしいが、兄はどこを風が吹くといった顔をしていた。おそらくきのうは、一日中たしかなアリバイがあるのだろう。

しかしながら、刑事の関心をもっとも強く引いた事柄はと言えば、それは何といっても平坂勝也氏の失踪事件だった。私たちはそこでまた、平坂氏を最後に見た場所と時刻をそれぞれ申し立てなければならなかったが、その結果明らかにされた事実は、きのう私が野田さんから聞いたことの範囲を一歩も出なかった。

刑事は念のために、二号室の捜索を部下に命じた。二号室は、平坂夫人と入れ代わりに交通事故で入院した大野嬢の居室になっていた。彼女は昨夜は私たちをぎょっとさせたが、見かけのわりに大した負傷ではなかったらしく、室の捜索も喜んで承諾した。だが二号室の捜索は、結局は徒労に終った。あの室にあった平坂氏の所有物は、

清子夫人が、チリっ葉一つ残さずに持って帰ってしまったらしかった。

抜穴の存在については、知っていた者はひとりもなかった。あの壕を作った清川と

言う医師と、勝福寺の前住職は当然知っていたわけだが、兼彦氏は知人を介してこの家を買ったので、清川医師とは面識もなく、今どこにいるのかもわからないということで、間に立った知人の所書きを刑事に渡した。

丁度そこへ若い警官が何か紙に包んだ物を持って外からはいって来た。人殺しのあとを追っかけさせるにはもったいないほどのハンサムな青年だったが、気の毒に泥とクモの巣でひどく汚れていた。彼は正面の刑事の所へ歩いて行って何ごとか耳打ちして紙包を渡した。刑事はうなずいて、包を開きにかかった。一同の目が、さながらハトの飛び出すハンカチでも見るように、その汚い茶色の包紙に集まった。現われたのは、一本の象牙のパイプと、泥まみれのブリキかんだった。

「だれか、このかんに見おぼえありますか？」

皆が一せいに首を振った。中で一番強く振った者は、どうやら私らしかった。かたわらに立った兄は、無関心な目で黙ってかんを見つめていた。

「ではこれは？」

「それは、平坂さんのパイプですわ」

と、人見看護婦が言った。

「あのかた、先生からお許しの出ない前から、そのパイプでタバコを吸っていらっしやいました」

野田看護婦も続いて、がたがたふるえながら、平坂氏が玄関から出て行った時、吸っていたパイプだと答えた。

「すると、そっちのお嬢さんも見覚えありますか？」

刑事が私の方に視線を向けて言った。

「それと同じようなパイプだったことはおぼえていますけど、手に取って見たわけじゃありませんから、全然同じかどうかはわかりません」

私が答えると、左の方に立っていた英一さんが、ふり返ってにやりとした。冷やかすような笑いだった。私は少しむっとした。

そのとたんベルが鳴った。野田さんが電話の前に歩み寄った。その方に大して注意を払っていなかった私は、次の瞬間、野田さんの悲鳴に驚いてふり返った。悲鳴？まさにそれは悲鳴とより形容のできない声だった。彼女自身はあとで、「平坂さんですか？」と問い返しただけだと言い張りはしたが――。最も近い位置にいた宮内技師がかけ寄って野田さんの顔をのぞき込んだ。彼は、野田さんがしどろもどろに何か言うのを大声で通訳した。

「平坂さんからだそうですよ」

刑事が電話にとびついた。が、すぐいまいましそうに首を振った。

「切れてしまったんです」

と、野田さんがべそをかいた。

「いったい何と言ったんだね？」

「『箱崎医院でしょうね？』と言って、それから『平坂ですが、先生か奥さんがいられたら……』と言いかけたんです。あたし急に怖くなっちゃって」

「だめじゃないか。あんな途方もない声を出すからだ」

兼彦氏が憤慨して叱りつけた。

「先方が、かって過ぎるんですわ。あの人いつもそうなんですもの」

と、人見看護婦がぷりぷりして言った。

「彼は、まだ死体が発見されていないものと思って安心しきってたんですね。ところがこっちの気配が妙なものだから、あわてて電話を切ったんですよ」

宮内技師が、したり顔で言った。

「ところで、被害者の持っていたという、四角い包の内容は何だったのですかな。心当りありますか？」

刑事のことばに、院長夫妻は顔を見合わせて考えていたが、やがて、

「心当りはないですが、母の持物を調べたらあるいはわかるかもしれません。ふだん使う物は奥の六畳に置いてありますが、そのほかのがらくたは物置き部屋にあるはずです」

「では物置きの方から先に見よう」

刑事は、家の人たちと共にはなれの方へ行った。

「あのブリキかんとパイプは、どこにあったのでございましょうね？」

小山田夫人は、あたりのだれかれをつかまえては同じ問を繰り返していた。

「何があったっていうの？　いったい」

玄関からはいって来た家永看護婦が、あっけにとられた表情で尋ねた。敏枝夫人の命令で、おばあさんの消息を尋ねに外出していたので、きょうはグレイのツーピースを着て、パラソルを下げている。

「おばあちゃまが亡くなったのよ。殺されて、みつかったの」

人見さんが説明した。

「そんな、まさか」

「ほんとうよ。私たち今まで調べられていたのよ。外に出ている人は帰ってから尋問するって言ってたわ。あんたとユリさんよ」

「ユリさんは病気で休んでるんじゃないの？」

家永さんは、けげんな顔で聞いた。

「それが黙って学校へ行っちゃったのよ。朝御飯も食べないで寝てたくせにね。――さっきユリさんの姿が見えないのがわかった時は、奥さん卒倒しそうだったわ。学校へ電話かけたら、ちゃんと行ってるんじゃないの。おばあちゃまのことを話したら、ひどくびっくりして、すぐ帰るって言ってたわ。もうそろそろ帰るころよ」

看護婦と患者たちは、てんでなおしゃべりを続けていたが、兄と私は二階に帰った。

私はその日、何とかしてユリさんをつかまえたいとあせっていた。納得できる理由も知らされないで例の指輪の件をかくしているのは、犯人に加担しているみたいで気持が悪いし、第一私は彼女にひどく腹をたてていたのだ。だれにも知られなかったとは言え自殺未遂事件まで引き起し、そのあといかにも哀れな痛々しげな態度で私を遠ざけておきながら、さっさと学校へ行ってしまうとは果してどういう心理なのだろう？　あの時私が、おばあちゃんの変死を告げたなら、彼女はもっと違った行動を取ったであろうか？　何の義理もない他人の事件でこんなにいらいらしなければならないなんて――私はひとりで憤慨して室内を行きつもどりつ歩き回った。

「悦子、おいでよ。英一君が郵便を取りに門の所まで出て来た。事件の発展について、聞いてみようぜ」

ドアから首を突っ込んだ兄が、こう言って手招きしたのは午後の三時を過ぎたころだった。私は兄について部屋を出た。

庭をぶらぶら歩きながら、私たち兄妹は英一さんから、やや詳しい事実を聞いた。

「解剖の結果は、つい今しがたわかったのですが――」

彼は、まるで大学の解剖学の実習講義について話してでもいるような冷静な口調で続けた。

「死亡の時刻は、昼食後一時間ないし一時間半だというのです。きのう祖母は十二時四十分前後に昼食をすませたので、死んだのは丁度午後二時前後になるわけです。死因はヤク殺――両手を使って絞められたもので、それだけでは犯人の性別はわからないそうです。なにしろ年寄りだから、殺そうと思えば、さほど強い人間でなくても殺せたでしょう」

「紫のふろしき包の中身は、わかったのですか？」

「ああ、あれね。あれは見当がつきました。祖母の所有品の中から、茶つぼが一つ見えなくなってるんです。このくらいの大きさの丸いつぼで、桐箱に納めると、ちょうど三十センチ角の立方体になるのです。あの何とかいう婦人患者の証言にぴったりするし、カヨがおととい物置き部屋を掃除した時、すみの戸だなにしまってあったのを見たと言っているのです」

「よほど値打のある物なんですか？」

「いや、品そのものは、たいした物ではなかったようですね。江戸時代中期の作で、時価二万五千円とか、前に祖母から聞いた記憶がありますが、僕はああいう物には趣味のない方だから、まちがってるかもしれない。祖母もさほど興味を持っていたわけではないんですが、死んだ祖父が好きで集めていたのです。それを終戦後一つ売り二つ売りして、今はほとんど残っていません」

「パイプと、ブリキかんは？」

「ブリキかんは、抜穴の土の中に埋めてあったのだそうです。だれが埋めたものかわからないが、急いでやった仕事らしく、土のかけ方が、一目見てわかるほど他の部分と違っていたと言うことです。君は気づかなかったですか？　それからパイプは勝福寺の床下に落ちていたのです。あの抜穴の口は、寺の居間の床下に開いているそうで――空襲の時、タタミを上げてすぐはいれるようにしたのでしょう。命の惜しい坊主と医者が相談して、あんな仕掛けを作ったのは大笑いだが、寺も今は住職が変って、耳の遠い老僧がひとりで住んでいるので、抜穴のことは全然知らなかったようです。抜穴の口は、ふたがのけられて、人がはい出した形跡があるそうだが、パイプは、そこから三、四メートル離れた所に落ちていて、指紋は十分検出されなかったと聞きました」

「足あとは？」

「なかったようです。もともとこの辺は高台で、その上砂の多い土質なので、ふだんから水はけがよすぎるほどなのです。それでなかったら、あの壕や抜穴も、あんなに完全な形で残らなかったでしょう」

「なるほど。しかし平坂氏が寺の床下から這い出したとすると、泥やクモの巣だらけのひどい恰好になったことだろうが、姿を見かけた者はないのですか？」

「今のところはね。――ただ、寺のむかいに住んでいる元陸軍少将とかが、ゆうべ遅く自動車の音を聞いたという話だが、今度の事件に関係があるものかどうか疑問だと僕は思いますよ。タクシー会社に手配したらしいから、いずれ自動車の件は、わかるだろうが――」

「寺の住職は、自動車の音は聞かなかったのでしょうね。耳が遠いのなら――。陸軍少将は何と言う人です？」

「吉川と言ったかな。つき合っていないから、どんな人かはわからないが」

「平坂さんというかたは、古い美術品やコットウの輸出をやっていらっしゃったのじゃありませんの？」

と、その時私が口を出した。英一さんは、ほっそりしたあごでうなずいて、

「そういう話ですね。警察では、祖母と平坂氏が茶つぼを取引する約束をして防空壕で落ち合い、平坂氏が祖母を殺して茶つぼを持って逃げたという見方でいるようですが」

「おばあ様は、平坂さんとお知り合いでしたの？」

「僕には、そういうことは全然考えられないです。父母も、あのふたりに面識があったとは思えないと言っているし――」

「君は、知り合いだったのですか？」

兄が突然英一さんの顔をまともに見た。彼は何かぎくりとしたようだったが、

「僕がだれと知り合いだったと言うんです？」

「平坂氏か、または清子夫人とですよ」

「知りませんよ、どっちも」

「では、僕と妹が初めてここのおうちにうかがった時、門の前で出会ったのが初対面だったと言われるんですか？」

「門の前で？　ああ、そういうこともありましたね。いや、全然の初対面というわけではなく顔ぐらいは見たことがありましたがね。しかしそれが君たちと何の関係があるのです？」

「僕等には何の関係もありません。ただ聞いてみただけです。で君自身は、警察の言うとおり平坂氏を殺人犯人と考えていられるのですか？」

「僕は残念ながら、君たちのように、推理能力に恵まれてはいません。失礼します」

英一さんは、そう言うと、さっさと家にはいって行ってしまった。その時、門の方へ歩いて来る人影が見えた。手に紙切れを持っている。

「ユリさんだわ」

私と兄は門の内側のチョウジの植込みのかげにしゃがんだ。ユリさんは私たちの目の前を通って門から出て行った。

へいの角を曲る所で追いついて肩に手をかけた時、彼女はあやうく飛び上りかけた。考えに沈んで歩いていたので、私たちが近寄るのに気づかなかったのだ。

「いかがですか？」

と、兄は静かに話しかけた。

「例の紛失事件について、少し話していただくわけには行きませんか？」

彼女は案外すなおに、こっくりして話し始めた。

「私にも、あの指輪のことは見当がつきませんの。なくなったのもいつかわかりませんし」

「紛失したのに気づいたのは？」

「土曜日、学校から帰った時でした。あの指輪はケースごと寄木細工の箱に入れて、本箱の引出にしまっておいたんですけれど、いつのまにかなくなっていたんです」

「引出のカギは？」

「かけてありませんでした。でも、その木の箱というのが非常に複雑にできていて、あけ方を知らない人には、壊しでもしなければ中の物が出せるはずがないのですが、箱にはちっとも変ったことはありませんでした」

「その箱のあけ方を知っているのは、だれとだれです？」

「私以外には、だれも知らないと思います。死んだ父が私にくれたもので、私はだれにもあけ方を教えませんでしたもの」

「指輪のほかに見えなくなった物はないのですか？」

「ええ何にも、指輪だけですわ。――あ、そういえば脱毛クリームの空かんが一つなくなったらしいのです。私、気がつかなかったんですけど、さっき刑事さんに、このかんに見おぼえがあるかと聞かれてびっくりしました」

「あれは、あなたのかんだったんですか？　もちろんそのことは話したんでしょうね、刑事に」

「いいえ。あのかん、どこにあったのか知りませんけど、おぼえのない疑いをかけられるのいやですもの」

「しかし身におぼえのないことであればこそ正直に言ってしまう方がいいんじゃないですか？　おうちの人が、あれがあなたのかんだということを思い出して話さないとはかぎりませんからね。そうなったらかえってあなたの立場はまずいものになりますよ」

「大丈夫ですわ。私、脱毛クリームなんか使ってること、だれにもないしょにしていたんですもの、殺された祖母だけは別ですけど。空かんも、タンスの、下着のはいってる引出の一番底にかくしておいたんです」

「しかし、事実何者かがその空かんを持出しているのでしょう？　それとも、あなたの空かんは今もシュミーズの下にあって、あっちのは別のかんだとでもいうんですか？」

「いいえ、あれは私のにちがいないんです。部屋に帰って調べてみましたら、空かんがなくなっていました」

「そうでしょう？　そんな奇妙な事実があるんだったら当然話すべきですよ。第一あなたのような若いお嬢さんが、経験のある鋭い刑事の目をごまかそうというのは無謀です。もうすでに何かの疑惑を持たれているかもしれない」

「それは絶対に大丈夫ですわ」

ユリさんは自信ありげな、きっぱりした口調で言った。

「私もう何年も、自分の心の中を表に表わさない修練を積んで来ているんです。どんなものを目の前につきつけられても、しっぽを出さないだけの自信はありますわ」

「驚いた自信だな」

兄は、苦笑してつぶやいた。ユリさんは、さげすむような冷たい調子で語をついだ。

「変な娘だとお思いになるでしょうね。でも自分をこれっぽっちも愛してくれない無理解で冷酷な人たちと一しょに、長年暮してごらんなさい。あなただってきっとそうおなりになるに決まってますわ。自分の心の中の、ほんの片すみだって、のぞかしてはやるものかという気持に」

「それは、あなたのひがみですよ、ユリさん」

と、兄はやさしくたしなめるように言った。

「伯父様や伯母様が、あなたのことをずいぶん気にかけていられることは、局外者の僕にもわかります。無論実の両親のようには行かないでしょうが、そこまで望むのは酷ですよ。それに、亡くなったおばあ様は、あなたを目の中にでも入れたいほど愛していられたのではないですか？」

「祖母だけは別ですわ」

ユリさんは、不意に、今にも溢れそうな涙を両眼にためて、

「あんなことになるなんて。あなたがもし平坂だったら、私もうとっくにあなたののどに嚙みついていますわ」

「するとユリさん。あなたは指輪の紛失をおうちの方には話さなかったのですか？」

兄は相手のことばには答えないで尋ねた。ユリさんは、うなずいた。

「当り前ですわ。伯母たちになんか――。だらしがないと叱られるのがオチですもの」

「おばあ様には？」

「祖母にも話しませんでした。心配をかけるだけだと思いましたから。——あの、私もう失礼しますわ。親戚に電報を打つように言いつかって来ましたので」

ユリさんは気ぜわしそうに一礼すると郵便局の方角に駆け去った。

「困ったお嬢さんだ」

と、兄はもう一度苦笑した。

「彼女が自称通りの人間とすると、僕たちが今聞き出したことの九十九パーセントは、信用できないと言うことになるな」

家に戻った私たちは、薬局の入口の所で家永看護婦に出くわした。

「恐ろしいことになりましたわね。仁木さん」

と、彼女は自分から声をかけて来た。

「おばあちゃんが殺されたのは、きのうの二時ですって。わたしたちが何にも知らずに、ふだんと同じようにしていた間に」

「そう、丁度二時頃だそうですね。昼食後一時間ないし一時間半か」

「あら、だれにお聞きになったの？」

「英一君です。解剖の結果や、その他いろいろ話してくれました」

「あの人が？」

家永さんが驚いたように眼鏡を光らせた。

「あの気むずかし屋の英一さんが、よくそんなことしゃべりましたわね。敬二さんなら、こっちが聞かないことでもしゃべりちらす人ですけど」

「敬二君という人は、おばあさんが亡くなっても帰って来ないのですか？」

「知りませんわ」

家永さんは、ちょっとつんとしてみせた。が、やがて声をひそめて、

「あの人には、通知の出しようがないんですよ、実を言えばね。――新聞を見て帰って来るかもしれませんけど」

「通知の出しようがないと言うと？」

「いどころがわからないんです。あの人のことでは、先生も奥さんもずいぶん苦労していらっしゃるんですよ。頭はいいとみえて数学や作文はよくできたらしいんですけど、冒険好きな無鉄砲なたちで、中学のころから、いかがわしい友だちとつき合ったり、不良じみた事件を起したり、手に負えなかったんですの。先生は、英一さんと同じに医者にするつもりで、叱ったりおだてたりしたんですけど、てんで勉強する気がないんです。それが、医大へはいったら友だちの所へ下宿してもいいと言う条件づきで、この春やっと入学したんですけど、中野のお友だちの家に移ったと思ったら、も

うそこをとび出して、どこへ行ったかわからないと言う始末なんですわ」

「学校はどうしてるんです？」

「どうしてるんですか――。全然顔を出さないらしいですよ。朗かで、人好きのする人なんですけどね」

兄は、気のない顔で聞いていたが、ふと思いついたように話を変えた。

「ところで家永さん。僕は一つ、ふに落ちないことがあるんだけど、おばあちゃんと平坂氏が防空壕で落ち合う約束をしていたとすると、いったいどうやって連絡をつけたんでしょうね。平坂氏は、きのうまで病室から出なかったし、おばあちゃんは、病院の方まで出て来られることは、ほとんどなかったんじゃないですか？」

家永さんは、我が意を得たりとばかり意気込んで言った。

「手紙ですよ、手紙」

「手紙？」

「おばあちゃんが平坂さんに手紙を出して時刻と場所を指定したにちがいありませんわ。もっとも、それより前にどこかで会って、だいたいの話を決めてあったものかどうか、そこまではわかりませんけど」

「その手紙が見つかったんですか？」

「いいえ。でも清子夫人が思い出したのです。ここの取調べがすむとすぐ刑事が平坂さんのうちへ行って根掘り葉掘り問いただしたんでしょう。きのうの午前の便で、手紙が一通とどいたんです。平坂さんは封を切って読み終ると、夫人には見せずに、たもとに入れてしまったんですって。それから急におまえは家に帰れって言い出して、奥さんを追い返してしまったんですわ」

「その手紙を、郵便受から取ったのは、だれなんです？」

「それがね、仁木さん。このわたしなのよ。警察の人がもう一ぺん戻って来てそう聞くまで忘れていたんですけど、きのうの午前の郵便は、たしかにわたしが取ったのです。郵便は、ほかにも沢山来たので、特におぼえてはいませんでしたけど、そう言われればおぼえがあります。白い長い封筒で、たっしゃなくずし字で表書きが書いてありましたっけ――。おばあちゃんの筆跡を見せられて、これと同じかと聞かれても、何とも言えないんですが」

「差出人は？」

「書いてなかったそうです。私は気がつかなかったけど、清子夫人はそう言ってるそうですわ」

「で、その手紙は、どこにも見あたらないんですか？」

「そうなのよ。全く頭が、こんがらかってしまいそうだわ、わたし」

家永さんは、がらがらした声で甲高く言った。

日中の、むっとする熱気は、日が没してからも一こうに衰えるけしきがみえなかった。八時ごろ、私と兄は近くの銭湯に出かけ、その帰り勝福寺の表門に回ってみた。箱崎医院とは、板べい一枚の隣同士だが、門はまるで反対の方を向いており、両方とも敷地が広いので、表から正式に訪問するとしたら七十メートルは歩かねばなるまいと思われた。

勝福寺は、東京郊外の住宅地に見かける寺としては、まず中くらいの大きさで、箱崎医院の板べいのある側を除けば、周囲をぐるっとイボタの木の生垣で囲ってあった。が、その生垣ときたら荒れるにまかせてあるらしいかっこうで、はいろうと思えば、どこからでも境内に出入りできそうだった。

寺の前を、門に向って右手の方に少し行くとゆるい坂があって、その坂の下までは アスファルトの広い道路がのびて来ていた。吉川元陸軍少将閣下の家は、その坂の、上から三分の一くらいの所にあった。寺の向かいと聞いたが、かなり離れた筋向かいで、それでも寺の表門から言えば最も近い家であった。

家の前にちょっとした空地があって、あじさいの大きな株が一本、ぼさっと枝をひろげている。そのそばに縁台を持ち出して、ふたりの男が街灯の光で将棋をさしていた。かた一方は停年まぢかの小役人といった感じの、頭のはげかかったずんぐりした男で、もうひとりは、まぎれもない「閣下」に違いなかった。七十をもうだいぶ過ぎていると思われるが、肩はばの広い上体は真直ぐで、太い手くびは、年をへたカシの木を思わせる頑丈さだった。銀白色の髪の毛をオールバックになでつけ、鼻の下には同じく銀の針のように光るひげが、鋭く南北両極を指していた。縁台の一端には土焼きのカヤリぶたが、えがらっぽい煙を淡く立てていた。

兄は、縁台のすぐわきに立ち止って、黙って将棋盤を見下した。頭のはげ上った方が、ちらと目を上げたが、またすぐうつむいて盤の上に手をのばした。

「あ、だめですよ、その手は」

と、兄が口を出した。

「飛車に気をとられていると、こっちの桂馬が成って、王手と来ます。そうなったら逃げ道がないでしょう」

「いやあ、もうどっちみちだめです」

中老人は、まるで相手から言われでもしたように閣下の方を向いて言った。それから、気のなさそうな手つきでコマを動かした。たしかに形勢は閣下の方が圧倒的に優勢らしい。飛車と角を四つとも持たせてもらっても、まだ兄にはかなわない私だが、これだけ大詰に近づけば、どっちが勝ってるかの見当ぐらいはつく。もっともそのことは、盤面を見なくても、閣下の上機嫌な微笑を見れば、十分察しのつくことではあった。

「どうだね、君なら挽回できるかね？」

閣下は、大きな手の平の上のコマを、ちゃらっと放り上げては受け止めながら、兄の顔を見た。兄は黙ってほほえんだ。

閣下の相手は、すでに勝負を投げていたらしい。二三手で勝負は決した。

「やはりだめですな。この次は香落ちでお願いしますか」

そんなことを言いながら立ち上った中老人は、かんたんにお休みのあいさつをすると坂を下りて見えなくなった。

「やるかね、一番」

閣下は、兄の前にひかりの箱をさし出しながら言った。兄はシガレットを一本抜き取ると、にっこりして縁台に腰を下した。私は、うんざりした。男って、小学生から八十の老人に至るまで、どうしてこう将棋が好きなのかしら？

だが勝負は思ったより早くすんだ。

「参った——。強いな、君は」

閣下は、くやしそうにコマをがらりと盤の上に投げ出して笑った。

「君、うちはどこです？　このへんに見かけないようだが」

兄は、箱崎医院につい一昨日間借りしたむねを答えた。

「ほう、あの人殺しのあった家だね？」

閣下は好奇心に目を光らせて一ひざのり出した。

「そうです。——何かゆうべ自動車の音を聞かれたということですが？」

「わしかね？　そうなんだよ」

閣下の面上には、盤上の形勢が大勝利に帰した時にも増した満足の色が現われた。

私はひそかに吉川家の人々に同情した。どんなに善良な、または悪らつな人々かは知らないが、同じ話を日に五十ぺんも聞かされることは無条件の同情に値する。閣下は願ってもない聞き手を手に入れた喜びに磁石型のひげをふらふらさせながら、五十一ぺん目の話を始めた。

「ゆうべ、と言っても、けさに近いころじゃった。わしはふと目がさめて、寝つけぬままに、雑誌で見た詰将棋の解き方を考えておった。その時、坂の下の方で自動車の止まる音がした。わしは、珍しいことだと思った。大通りはどうか知らんが、この下の道路は夜九時よりあとに自動車が通ることは、まずないと言っていい。しかも、家並のとぎれた坂の真下あたりで止まったのだからな。わしは当然耳を澄ましたよ。坂の真下で車が止まったとすると、わしの家か勝福寺か、そのどちらかに来る者と考えるのが当然じゃ。今にも足音が聞えて来るか、家の前で止まるかと、首を上げて待っておったが、それきり足音も何も聞えはせん。わしはまた、ほかのことを考え始めた。すると十五分、いや二十分もたったころだろうか、足音が聞えて来たじゃないか、それがどっちから聞えたと思う？　え、君」

兄は、かむりをふった。坂の上。閣下は得意気に、

「坂の上からじゃよ。坂の上。――たぶんひとりらしかったが、重い、きしるような忍び足の靴の音で、わしの家の前を通り越して、坂を下へおりて行った。これは重要な証言だと、警察の者も言っておったよ」

「そうでしょうね。その自動車の音がしたというのは、何時ごろでした？」

「二時十分前くらいだったろうな。あけ方の――。自動車が止まってから、足音を聞くまでの間に、時計が二時を打ったのを覚えとる。足音が下についたと思うころ、自動車が走り出すのが、はっきりわかったよ」

「おうちのかたは、自動車や靴の音を聞かれなかったのですか？」

「なんの、皆白川夜舟じゃった。たわいもないものさ。たしかにあれは、箱崎医院の御隠居を殺したやつに違いないよ。君は医院にいるのなら、警察の捜査がどんなふうに進んでおるか、耳にしとるだろうな」

「僕は、ただの間借人ですから」

兄は閣下のしつっこい質問をかわして立ち上った。

「まあいいじゃないか、もう一番」

閣下は退屈だとみえて、あわてて引き止めながら、コマを並べかけた。兄と私は何とか口実を設けてそこを去った。

「ねえ、にいさん。にいさんはやはり、平坂氏がおばあちゃんを殺して、茶つぼを持って逃げたのだと思う？」

箱崎医院に向って歩きながら、私はささやくように尋ねた。兄は三十秒ばかり黙っていたが、

「悦子はどう思う？」

と反問した。

「わたしはやっぱりそれが一番自然な考え方だと思うわ。わたしたち土曜日の夜に、玄関でおばあちゃんに出会ったでしょう？　あの時、おばあちゃん、着物のそでで何

かをかくすようにしていたけど、あれは平坂氏への手紙を出しに行くところだったんだわ。手紙は日曜の午前にとどいたんですもの、話が合うじゃないの、ね？」

「手紙の点は僕もその通りだと思う。また平坂氏が老夫人を殺して逃げたというのも、ありそうなことだ。ただそれだけでは説明のつかないことも、いくつかあるにはあるね。第一、老夫人は何のためにだれにもないしょで茶つぼを売らなければならなかったんだ？　彼女を物置き部屋に閉め込んだのは、いったいだれだ？　また何のためにそんなことをしたんだ？　平坂氏が老夫人に対して殺意を持っていることを知った何者かが、彼女を護る目的でやったことだろうか？」

「そうだとしたら、わたしはとんだことをしちゃったわけだわ。物置き部屋からおばあちゃんを出したのは、わたしなんですもの。それにしてもあの人は――平坂氏は、あの抜穴のことを、どうして知ったのかしら？　この家に何年も住んでいる人たちでさえ気づかなかったことを、一週間かそこら入院した平坂氏が知っていたなんて」

「それは無論だれかが彼に話したのさ。桑田のおばあさん自身が何かの事情で抜穴の存在を知っていたのかもしれない。あの抜穴を作った清川という人か、勝福寺の前の住職かが平坂氏と知り合いなのかもしれない。――僕自身は、だれかしらもっと手近な所に抜穴の秘密を知っていた人間がいるような気がしてならないのだが――」

「手近な所に？　それは何か根拠のあることなの？」

「悦子は忘れたのかい？　ユリさんの指輪の一件を――。あの指輪を盗んだのは、平坂氏ではないはずだ。なぜなら日曜日の午前までは、彼はトイレに行く以外二号室を離れたことがなく、ましてはなれになど行くチャンスはなかったのだからね。また、桑田のおばあさんが可愛い孫の指輪を盗むということも考えられない。しかし指輪を盗んだやつは、この家の事情をよく知っている人物で、抜穴の存在も知っていれば、ユリさんの秘密の手箱のあけ方まで熟知しているんだ。平坂氏に抜穴のことを教えたのは、どこかの坊主なんかじゃなくて、この家の中にいるだれかだよ、悦子」

七月七日　火曜日

だれかが私の肩を揺すぶっていた。

「うるさい」

どなったつもりだが声になったかどうかはわからなかった。私の魂は、快いミルク色の海の中を浮いたり沈んだりしていた。

「目をさませよ、悦子」

また揺すぶった。今度は兄だとわかった。まぶたを開くと、目の前に髪をぼさぼさに乱した兄の顔があった。

「起きろったら。これを見るんだ」

兄のつき出した物を無意識につかんで、私は二つ三つ続けさまにあくびをした。それからおもむろに手の中の物に目を向けた。それは一冊の雑誌——私が二週間ばかり前に気まぐれで買って来て、読みかけで放り出しておいた、安っぽい探偵雑誌「指紋」の七月号だった。

「どうしたっていうの？　これが」

「七十六ページを開けてごらん」

言われるままにページをくると、私の目にとび込んだのは一枚の図面だった。探偵小説には、しばしばはさまれている、家屋の平面図だ。大体の間取りが頭にはいった時、私はあっと叫んだ。

「箱崎医院の図じゃないの！　右と左が逆になってるけど」

まさにそのとおりだった。私は、まだ読んでなかったその小説に目を走らせた。懸賞募集第二席入選作、笠井《かさい》あきら作「X線室の恐怖」。お定まりの題だ。推理物の短篇で、ある開業医のレントゲン室で妙齢の婦人患者が奇怪な死を遂げるという筋だては、すぐに底が割れてさっぱりおもしろくなかったけれど、第二席だけあって書き方は一応たっしゃだった。犯人は看護婦長をしている、しっかり者の女性なのだが、私には眼鏡の看護婦長の描写が家永看護婦に似ているような気がしてならなかった。似ているといえば、問題の家の図面は、これはもう手洗からドアの位置に至るまで箱崎医院にそのままだった。違うところと言えば、故意か誤りか、左右が逆に——つまり裏返しになっている点で、四本のイチョウの木は東側に、そしてはなれは医院の西側になっているのだった。ただしイチョウの木のそばの防空壕は書いてなかった。

「興味あるだろう？」

兄は楽しげに微笑して言った。

「この家に来た時から間取りに見覚えがあるような気がして考えていたんだが、さっき目のさめぎわに、不意に出て来たのさ。——朝飯食ったら、行ってみないか？『指紋社』というので聞けば、住所がわかるだろう」

広田文具店は、すぐにみつかった。国電の巣鴨駅を降りて五分ばかりの、小さな平家だての店で、その一部屋に探偵作家笠井あきら氏が住居をお構え遊ばしているのだ。

「勤め人だったら、今時分行っても会えないわけだが、それならそれでまた出直すさ」

しかし幸いなことに、笠井氏は在宅だった。ただ、仕事中なので二十分ばかり待ってくれということだった。

「ほんの五分でもいいんですが——。『指紋』の七月号の御作品が大変興味深かったものですから、お顔だけでも見て、できればお近づきになりたいのです」

兄の口上は、「X線室の恐怖」の作者の自尊心を、心地よくくすぐったらしい。文房具屋の太ったおかみさんが引っ込むのとほとんど入れ代わりにひとりの男が顔を出した。肉づきのいい、赤味をおびた顔と、厚い大きなくちびるを持っている。明らかにパーマをかけたと見える、ちぢれた黒い髪がひたいに垂れかかり、ふちの太い青眼鏡が顔の三分の一をかくしているので、私には彼の年齢が見当つかなかった。二十五、六かと思うと、もっと年長のようにも見え、またぐっと若いようにも見えた。

「これ拝見して来たんですが――」

兄は人なつっこい調子で言って、手に丸めた雑誌を振ってみせた。

「実は僕等、ある事件にちょっとした引っかかりができて、御意見をうかがわせて欲しくてあがりました」

私は大いに興味を持って彼の表情を観察した。というわけは、箱崎医院の殺人事件は、きのうの夕刊にもけさの朝刊にも大きく取り扱われていたので、もし彼が箱崎医院を――というより、その建物をよく知っていて意識的にそれを作品に利用したのだったら、今の兄のことばからある程度の推察を行うに違いないと思ったのだ。ところが相手は、全然何事にも気づかぬふうで、

「ほう？　それは。――まあはいってください」

と私たちを店の脇の六畳間に案内した。そこは実にお話にならないほど乱雑に取り散らかされた部屋だった。私たちは言われるままに、そこらの本や原稿紙をかき寄せて、めいめいすわるためのささやかな空間を作った。

「君は、世田谷の箱崎医院を御存知ですか？」

自己紹介がすむと、早速兄が切り出した。相手の目に、思いもかけなかったという表情が現われた。

「箱崎医院？　知っていますよ。僕は昭和二十六年から九年まで、あの近くのアパートに住んでいて、箱崎さんは、かかりつけだったのでよく知っています。わかった！　あの図を見て来られたんですね？　あの図は箱崎医院をモデルにしたんですよ。小説で、医者の家が一つ必要になったのだが、あすこよりほかに開業医などというものを知らないんでね。ところで、君たちは、やはり医院の近所のかたででも？」

「二階に間借りしているんです。そら、この部屋です」

兄は雑誌を開いて、七号室に相当する室を指でおさえながら、

「ゆうべの新聞、ごらんになりましたか？」

「いや」

「けさのは？」

「まだ見ていません。実はきょうの昼までにポストへ入れなければならない原稿があって、きのうの朝からこっち、新聞は見てないのです。何かあったのですか？」

「そうです。いろいろのことが。順を追って申しますと、おとといの午後入院患者のひとりが行方不明になったのです。平坂、という人ですが」

「平坂？　平坂勝也という人ですか？」

「御存知なのですか？」

「名前だけです。で、死体は発見されたのですか？」

「死体？　僕はまだ何も言ってはいませんよ。どうして死体などと言われるのです？」

兄が、つっこんだ。笠井氏は明かに狼狽《ろうばい》した。兄の質問には答えずに、部屋のすみにたたんだままになっていた新聞を引き寄せて、まず夕刊の方から開いた。青眼鏡の中の両眼が三面の見出しに釘づけになると同時に、そのほおから赤味が消えた。

「ばあさんが殺されたんですね」

彼はやがて新聞を下に置いて、興奮を押しかくそうとするような妙に冷やかな声で言った。

「覚えていますよ。話好きな、ちょこちょこしたばあさんでしたね。平坂が全国に指名手配されたとあるが、消息は全然わからないのですか？」

「わからないようです。君は、なぜ平坂氏が殺されたものと早合点をしたんです？」

笠井氏は、太い息をついてかむりを振った。

「答えるほどの理由はないです。探偵小説を書いているものだから、そんなふうに気が回るんですよ。それに――」

「それに？」

「彼は敵の多い人だったのです。あの界わいでは彼のことを悪く言う人間が多かったのですよ。今のことは知りませんがね。僕はアパートが漏電で焼けてから東京中を転々として世田谷には行ってみないから」

「具体的に言って、だれがどういう理由で平坂氏に敵意を持っていたのですか？」

「そんなことは僕には言えませんよ。あそこに住んでいた時は僕もほんの若僧でしたからね。それはそうと君等は、おもしろい場面に立ち会ったんだろうが、この抜穴というのは何です？」

「防空壕に抜穴があるんです。新聞には十分説明してないが。――ところで君のかかれた図面には防空壕も抜穴もないが、どうしてかかないんです？」

「そんな物、僕が知ってるわけがないじゃないですか。自分のうちでもないのに」

彼は、いらいらして言った。

「しかし、イチョウの木は、ちゃんとかいてあるじゃないですか？　防空壕はイチョウの木の根もとに近い所にあるのです」

「あの西日よけのイチョウの木なら三百メートル先からでも見えますよ。僕があっちにいたころでも、すでに二階の屋根より高かったですからね。だが、防空壕だの抜穴だのって——よそのうちにはいり込んでそんな所を検分して歩くほど僕は礼儀知らずじゃない」

彼は、ひとりで力み返ってぶりぶりしていたが、やがて幾分語調を柔げて、

「で、抜穴からは、ばあさんの死体のほかに何か手がかりになるものは出たのですか？」

「遺留品として、紫チリメンのふろしきとゲタ。それから、それとは全然別に、脱毛クリームの空かんが一個——」

「何だってそんな変なものが埋めてあったんです？　何かはいっていたのですか？」

「ブリキかんですか？　いや、空でした」

兄はネコのいなくなったてんまつや、警察の捜査や尋問の模様を話して聞かせた。

笠井氏は、ひざをのり出して熱心に聞いていたが、

「おもしろいな、実に興味がある。僕は探偵小説を書いているが、実際の事件に関係したことはまだないんですよ。新しい発展があったら手紙ででも知らせてもらえませんか？　それから、僕が小説に箱崎医院の間取りを拝借したことは、あすこのうちの人たちには黙っていて下さい。僕の名など、もうだれも覚えてはいないだろうが、エンギでもないと言って気を悪くされてはつまらんから」

兄は快く承諾して、そこを辞した。


私と兄が医院の門前に来た時、門の中から家族らしい人たちに助けられた若い女が、そろそろと歩いて出て来るところだった。

「交通事故で二号室にはいっていた人だね」

と、兄がささやいた。私は、うなずいた。

「大野さんよ。退院するんだわ」

「悦子、来いよ。二号室にはいってみよう」

兄は早口で言うなり、すばやく家の中に駆けこんだ。三十秒後には、私たちは二階の二号室のとびらを押していた。

室はがらんとしていた。が、たった今まで人の住んでいた気配が、生暖かなにおいになって漂っていた。ベッドの上の一枚の毛布と、腰掛にのっている白いカバーをかけたクッションが、取り残されたように所在なげだった。

「人が来ないか気をつけていてくれ。足音がしたら、そこのカーテンのうしろにはいるんだ」

兄は、室内をすみずみまで調べて回った。その顔には次第に失望の色が現われて来た。

「警察で捜索したあとをさぐって、何か手に入れようなんて、根っから無理な話なんだがね」

小机の上に立ち上って、風景画の額のうしろに手を入れてみながら兄がつぶやいた。

「にいさん！」

とその時、私が小声で叫んだ。

「にいさん、何かあるわ。このクッションの間に」

カバーのスナップをはずして、二つ折りになったクッションの中に手をさし入れた私がつまみ出したのは、白い紙袋――「内用薬」と書いた散薬の袋だった。

「平坂氏のだね」

と、兄が袋の表面に書いてある姓名をのぞきこんだ。

「出ようぜ」

私が袋をポケットに入れた時だった。ドアのにぎりが、かちりと音を立てた。私は、ぎょっとして兄を見上げた。兄は口をきりっと結んでドアを見つめていた。今あくか、今あくかと思ったドアは、しかし遂にあかなかった。ドアの外の人は、カギ穴から室内をのぞき見しているらしい。いくらのぞいたって見える道理はなかった。部屋へはいった時、兄が、かぶっていた登山帽をぬいで、とびらのにぎりにひっかけたのだ。カギ穴は、ちょうど帽子の下になっていた。緊張の数分間が過ぎた。忍び足で、廊下を立ち去る音が聞えた時、私と兄の胸からは、申し合せたように、クジラの汐吹きほどの息が吐き出された。私たちは、手ばやく帽子をつかんでドアをすべり出た。

「女だな」

と兄がつぶやいた。むし暑い廊下の空気に、辛うじて気づくほどの化粧料の香りがたゆたっていた。

「どうして刑事連は、クッションを見落したんだろう？」

七号室に落ちついた時、兄が首をかしげて言った。袋の中には、二包の白い散薬があった。

「大野さんの持物だと思ったのよ」

と私が答えた。

「おまわりさんたちが、ベッドのわらぶとんをひっくり返していた時、おそらく大野さんは、いすの上でクッションにもたれてそれを見物していたのでしょう。そして、今度いすがいじり回される番になった時は、彼女はベッドに移ってクッションにひじをついて横たわっていたんだわ。あのクッションのカバーには箱崎と縫いつけてあって、つまり患者個人の物じゃない貸クッションなんだけど、だれもそれに気がつかなかったのよ。大野さんは、薬袋を抱き込んだクッションと二昼夜の間一しょにいたんだわ、何も知らずに」

「明快なことを言うね、天気が変るぜ」

兄は窓から青空をすかしてみた。

「その調子で、クッションが薬袋を抱き込むに至ったいきさつも、御説明願いたいものだな」

「それはだめだわ、見当がつかない、いったいだれがこんないたずらをしたのかしら？」

「僕は一つ牧村君とこに、こいつを持ってって分析をたのんで来よう。ムダかもしれないが、何か変った事実が得られれば、めっけものだ。だが、その前に野田さんにでも、あってみようか」

野田さんは、兄の質問をきくと無邪気に目をみはって、首をひねった。

「平坂さんのお薬？　ええと、日曜の午後の検温に回った時はたしかに二回分あったわ。私、平坂さんが室に見えないので、どうしたのかしらと思って待ちながら暇つぶしに、お薬を調べてみたんです。そしたら水薬のびんは空でしたけど、散薬はたしかに二包残ってたわ。もっとも、それはもう四日も前からそうだったのよ。あの人、もう自分は健康体になったとか言って、薬なんか軽べつしちゃって飲もうともしなかったんだわ」

「すると前から二包だったんだね。平坂さんがもう薬なんか飲まないのを皆知っていたの？」

「皆って、あたしたち？　ええ、あたしたち看護婦三人は知っていたし、先生も御存知だったわ。それから奥さんも」

「奥さんて、敏枝夫人？」

「いいえ、平坂の奥さんよ。うちの奥さんは、そんなこと知ってらっしゃるわけないわ。でも、どうしてそんなことを――？」

「僕、さっき二階の洗面所でたなの上にのっていた粉ぐすりを落してこぼしちゃったんだよ。袋が破けちゃってて、だれのだかわからないで困ってたんだ。平坂さんのだったんだな」

「そうよ、きっと。あの人の薬なら、もういらないからかまいませんわ。平坂さんと入れ代わりに大野さんが御入院だったので、大急ぎでお部屋を片づけた時、人見さんかだれかがたなに置いたんでしょ」

「大野さんて言えば、さっき御退院だったのね」

と私が口をはさんだ。

「そう。それから宮内さんと、小山田さんと、工藤さんも、きょう退院よ。宮内さんは、きのうのはずだったんだけど、あの騒ぎで一日のばしたのよ。あんないやなことがあると、もうだいたい良いような人は、さっさとうちに帰っちゃうんだわ」

野田看護婦は気ぜわしそうに立ち去った。退院の人たちの荷物を運び出すのだろう。私はそっと兄の横顔を見上げた。兄は自分の手のひらの筋を見つめて、あたかもその中から、一本の意味のある線を見つけ出そうとでもするかのような真剣な目をしていた。

「やあ、仁木君」

と、患者を見送った兼彦氏が玄関をはいって来ながら声をかけた。

「どうも、君たちにも来る早々不愉快な思いをさせてしまって——。夜など、妹さん、怖いでしょうね」

「こいつのことなら大丈夫です。神経があるのかないのかわからないやつだから——。しかし奥さんは気を落していられるでしょうね？」

「きょうはもう朝から床についています。きのうはぼう然としていたが、一日たったのでかえってがくっと来たらしいのです。できてしまったことは仕方がないにしても、はっきりした手がかりがつかめればと思っているんですが、捜査の方も思ったように進まないらしくて——」

「平坂氏の行方もわからないようですね。あの抜穴を作ったかたの、いどころは？」

「清川という人のですか？　それはわかりました。この家を買う時、間にはいってくれた知人が今も交際しているそうでね。しかし、清川という人も平坂については名を聞いたこともないそうだし、勝福寺の前の住職も、平坂との関係を否定しているのだそうです。どうもその方面からの解決は期待できないらしい」

兼彦氏は重い息をついて、兄の顔を眺めた。

「仁木君は、やはり平坂のやったことだと思いますか？　あの——母があいうことになったのは」

「そうですね。先生は？」

「わたしは、その——大体においては平坂の犯行と信じているんですが、それだけでは納得できないふしがあるんですよ。たとえば、母が物置き部屋に閉め込まれた事実ね。あれは犯人のやったこととは考えられない気がするんだが——」

「僕もその点がふに落ちないのです。ところで、月曜の明け方坂の下に止まったという自動車については、その後情報がはいりましたか？」

「いや。タクシー会社にも手を回してあるらしいが、手がかりと言っては別にないようです。ただ、大洋ドライヴ・クラブの車が一台借り出されたという話は聞きましたが」

「大洋ドライヴ・クラブというと、あの駅の前の貸自動車屋ですか？」

兄は熱心に問い返した。

「あそこの車が借り出されたって、いつです？」

「日曜の夜、八時ごろとかいうことでした。ドライヴ・クラブに、小柄なやせた男が現われて、一昼夜の契約で、草色のトヨペットを一台借りたのだそうです。その男は、規定どおりの保証金を払うと、自分で運転して行ったそうですが、運転はたいしてうまくないようにみえた、ということでした。ところがその車は、わたしの家の事件がとどけられるよりも先に、遺失物として、警察にとどけられていたのです」

「遺失物？　どこかに乗り捨ててあったのですか？」

「そうなんですよ。ドライヴ・クラブから五百メートルと離れない雑木林のかげにね。月曜の朝早く付近の百姓がみつけて交番にとどけたところ、大洋クラブの車とわかって、すぐ戻されたのですが、ガソリンは、かなり消費されていたということでした。近ごろは貸自動車の利用率がぐんとふえて、こういった乗り捨て事故も時たま報告されるようになったので、必ずしも今度の事件に関係があるかどうかはわからんと、話してくれた刑事は言っていましたがね」

「平坂氏は自動車の運転は、できたのですか？」

兄は今の話にひどく興味を持った様子で尋ねた。兼彦氏はうなずいて、

「あの人はうまかったようですよ。近いうちに自家用車を買う予定だったらしい」

「先生は運転はされるんですか？」

「わたしですか？　一応はできます。実はうちでも中古の小型を一台買おうということになって、英一とふたりで教習所に通って免許を取ったのです。車があると往診に

も、入院患者を運ぶのにも能率的ですからね。ところが家内から文句が出て、自動車よりも医院専用の炊事場を作るのが先だというのです。なるほど聞いてみれば無理もないので、車はしばらくお預けということになったのです。車と言えば、さっき退院した宮内君――きのう君と一しょに抜穴にはいった人ですよ。あのおしゃべりな男――あの人は自動車会社の技師ですから、運転も整備もくろうとなんです。仁木君は、やはりできるんでしょう？」

「一応は、という組ですよ、僕も」

　と、兄はくすりと笑って言った。

「で、先生は、大洋ドライヴ・クラブから、車を借りられたことはありますか？」

「一度あります。と言っても借りに行ったのは英一でしたが――。家内や幸子まで乗せて逗子までドライヴしたのです。今年の春でしたかね。行きはわたしが運転し、帰りは英一にやらせましたが若いだけあって、わたしよりずっとたっしゃでしたよ」

「敬二さんは一しょに行かれなかったのですか？」

　さり気ない質問だった。が兼彦氏は明かにまごついた。具合悪そうなせき払いをして、

「敬二は――いや、そう言えば、敬二も一しょだったたな。まだ友だちの家に下宿しな

い前だったから――」

「敬二さんのお友だちというのは、文房具屋さんなのですか？」

「何だって？」

兼彦氏は、英一さんによく似た切れ長の目を大きく見開いて、まじまじと兄の顔を見つめた。

「何のことです？　それは。敬二の下宿しているのは、ある銀行の支店長の家ですよ」

「しかし、僕が会った時敬二君は、巣鴨の文房具屋の一間にいられましたよ」

兄は、いたずらをたくらんだ男の子のような目で言った。私はもう少しで、あっと叫ぶところだった。ちぢれた毛をひたいに垂らした、青眼鏡の駆け出し探偵作家氏が、箱崎家の次男の敬二さんだなんて、どうしてそんなことが言えるのだろう？　だが、私が驚いたより、さらに一層仰天したのは兼彦氏だった。

「君はあの子に会ったのですか？　仁木君。だれから、あいつのいどころを聞いたのです？」

「ちょっとした偶然だったのです」

と兄は説明した。

「僕は会うまでは思ってもいなかったのですが、一目見ると敬二君だとわかりました。敬二君は、おかあさんにそっくりですね。探偵ファンらしく変装なんかして、名前も変えていられたが」

「あいつはどこにいるんです？　どんな様子をしていました？」

兼彦氏は気づかわしげに、せきこんで尋ねた。

「今も言った通り巣鴨の広田という文房具屋です。探偵小説の原稿なんか書いて、元気そうでした。御両親が案じられるのは無理ありませんが、敬二君自身は、ああしているのが、一番性に合って気楽なふうでしたよ。——敬二君は自動車の運転は？」

「自動車の運転ですか」

兼彦氏は疲れたような吐息をついた。

「あいつの自動車には、わたしも家内もつくづく参ったものです。人の免許証を借りて、ドライヴ・クラブから車を借り出しては乗り回すのです。それがまた、根が器用なたちだものだから、結構やれるらしいんですが、万一事故でも起したらと、わたしたちは始終冷汗をかいていました。親の口から恥をさらすようだが、あいつも英一と同じに医者にしようと思ったのは、わたしの失敗でした。どこか私大の文科にでも入れて、のんびり好きなようにやらせておく方がよかったのですね。親が気をもんで、かれこれ言えば言うほど勝手な方へとび出してしまう子なのです。しかし、どうやって暮しているんですかなあ。自分では、いい気持で自由を享楽しているつもりでも、そのうちには食えなくなる。そうなった時わたしどもの所へ帰って来ればよいが、大それたことでも仕でかしはしないかと、家内といつも心配していたのですよ。それかと言って無理に探して連れ戻しても、かえって反撥するだけだろうし――」

兼彦氏は、しみじみと言った。その声音には、いつわりのない父親のうれいがこもっていた。

「所書きをおわたししてもいいですよ。おいでになるつもりでしたら」

と兄が、いたわるように言った。

「ありがとう。いただいておきましょう。しかし当分はそっとしておく方がいいでしょうね。うちへ連れて来たところで、がたがたするだけだし――。仁木君、君にこんなことを頼むのはすまないのだが、もし暇があったら、あすあたりもう一度敬二の所へ行ってくれませんか？　家内と相談して小づかいを用意しますから。そして年寄りの葬式を金曜日にすると伝えて欲しいのです。あいつだって新聞くらいは読んでいるだろうに、飛んでも来ないところをみると、葬式に顔を出すとは思えないが。――しかし、あいつのいどころが知れただけでも、家内は元気を取り戻すかも知れません。

ほんとに感謝します」

「お礼なんかおっしゃられることはありません。僕でよかったら、あす早速行って来ましょう」

兄が答えた時だった。うしろで忍び寄るような足音がした。私たちは一せいにふり返った。中年の、おとなしそうな婦人が、どこかためらうような表情で近づいて来るのだった。それは、スポーツで足を折って五号室に入院している桐野青年の母親だった。

「何ですか？　桐野さん」

と、用ありげな態度を見てとった兼彦氏が尋ねた。桐野夫人は当惑そうに、もじもじしながら、私の兄の方を見て、

「あのう、こちらは探偵さんでいらっしゃいますの？」

「僕が？」

兄は、どぎもを抜かれたように赤くなった。

「とんでもありません。僕はただの学生です。始終うろうろしていますが」

「あらそうでしたの？」

桐野夫人の当惑げな様子が、度を加えた。

「どうも失礼申し上げました。あたくし、このかたが抜穴のことをお考えつきになって、死体を発見なさったとうかがったものですから、てっきり探偵さんと思いまして。それでしたらお耳に入れておいた方がよいかしらと思ってあがりましたの。何でもないことかもしれませんけど」

「何の話です？」

と、兼彦氏が明かに好奇心をおもてに動かして言った。

「よかったら、診察室ででもお話になったら？」

私たちは診察室の前で立ち話をしていたのだった。言われるままに私たちと桐野夫人は、兼彦氏のあとについて診察室にはいった。

「五日の夜おそく、――十二時ごろのことでした」

桐野夫人は、落ちつかない様子であたりを見まわしながら口を切った。

「あたくし、あまりむし暑くて寝つけないものですから、雑誌でもお借りして読もうかと思いまして待合室におりて行きましたの。待合室には夜も小さな電球がともしてありますわね。あたくし、窓のそばの小さなテーブルの所に行って、どの雑誌がいいかしらとめくって見ていましたの。そうしましたら手術室の中で、何か声が聞えましたの」

「手術室で？　夜中の十二時に？」

兼彦氏が目を見はった。兄も一ひざ乗り出して、

「どんな声だったんです？」

「女の声でしたわ。だれかに話しかけたらしく、『こっちの一本は、このままにしておきますか？』と言ったのが、はっきり聞えました。相手の声は聞えませんでした。あたくし急に気味が悪くなって、雑誌も持たずに二階にとんで帰りましたの」

「女の声と言っても、いく人もいるが、だれの声だったかわからないんですか？」

と兄が尋ねた。桐野夫人は長い間ためらってから、

「あたくしの聞き違いかもしれません。はっきりそうと言うことはできないのですけど、家永さんの声だったような気がして」

「家永の声？　家永が何をしていたのだろう？」

兼彦氏が口の中でうなるように言った。

「手術室は夜はカギをかけられるのでしょうね？」

と、兄が兼彦氏を見返って尋ねた。

「かけます。手術室のカギは二つあって、一つはわたしが、もう一つは家永が持っているのですが、ふだん使うのは、家永の持っている方のやつです」

「すると家永看護婦がカギをかけるのですか？」

「そうです。家永が一番古参なので、戸じまりや、冬ならば火の始末といったことが、彼女の責任になっているのです」

「先生は、五日には手術室にはいられましたか？」

「待ってください。五日というと日曜——例の失踪事件の日ですね。あの日は、たしか午前中に一回はいったはずです。工藤のお嬢さんのヨウの膿を出す必要があって、メスを一本取りに行ったのです。それとあとは、夜、負傷した大野さんがかつぎ込まれて来た時です。それ以外には、たしか出はいりしなかったと思います」

「あのう、あたくし、恐ろしくてだれにも言わなかったんですけれど、やはり警察に申しあげる方がよろしいでしょうか？」

桐野夫人が、おどおど言った。兼彦氏が、

「それは当然言うべきですね。事件に直接関係あることかどうかは、警察で判断するでしょう」

「でも警察に言うと、あれこれ、しつっこく尋ねられるのでございましょう？」

そんな羽目におち入るくらいなら、首をくくった方がましだ、とでも言いたげな口調だった。兼彦氏は、ちょっと思案していたが、

「そうだ、家永を呼んで問いつめてみようか？　それが手っ取り早い」

「困りますわ、先生」

　と、夫人はびくびくして、

「あたくしの聞いたのが、ほんとのことだったにしろ、ウソだったにしろ、どっちみち家永さんに恨まれますもの、困りますわ」

「それに、今じかに聞くのはまずいでしょう」

　と兄も言った。

「知らないと言われればそれまでですからね。それより、ほかの者に聞く方が——たとえば家永さんが夜中に看護婦室を出て手術室に行ったものとすると、並んで寝ていた人見さんか野田さんに気づかれたかもしれない。そっちの方から当る方がいいんじゃないですか？」

「わたし聞いてみましょう。わたしなら、それとなく話を持ちかけられますから」

　と私が言った。兄は何を思ったか、つと立って窓ぎわに行って外を見た。

「そのほかには何も耳にしなかったのですか？」

　と、兼彦氏が桐野夫人に尋ねた。

「聞いたような気はするんですけど、思い出せませんの。もう一度よく考えてみますわ」

桐野夫人は一礼して診察室を出て行った。その時、兄が不意に、

「ネコが死んでいる」

と言った。私は急いで窓ぎわに寄った。

「チミ？」

「いや、黄色いネコだ」

「のらネコが昼寝してるんじゃないですか？　このあたり、いろいろなのがいますよ」

兼彦氏が言ったが、兄は首をふって、

「ちょっとみて来ます」

と室を出た。私も従った。

裏庭の果樹園のナシの木の下に、チミと同じくらいの大きさの黄色いしまの子ネコが、四つ足を投げ出して横たわっていた。ネコは、私たちが近寄っても目を開けようとはしなかったが、のばした四つ足としっぽの先を、ぴりぴりとふるわした。

「死んでるんじゃないわ。気絶したのよ」

と私が言った。兄は、

「妙だな。ネコなんて、めったに気絶するもんじゃないぜ」

そう言いながら、倒れているネコの体を手で引き起した。ネコは薄目をあけ、全身をけいれんさせたと思うと、ものうげに身を起した。それから、少しよろよろしながら果樹の根もとを横切って板べいの下のすき間から出て行った。兄と私は、わけもなく、おかしくなって吹き出した。が、心のすみでは、ほっとしたような感じがあった。奇怪な事件の続いたあとでは、のらネコ一匹でも、死んだと言われるとぎょっとするものだ。

「さて、僕は牧村君の所へ行って来よう。ついでに大洋ドライヴ・クラブに寄って話を聞いてみるから、悦子の方も頼むぜ」

二時間ばかりして兄が帰って来た時、私たちの交した会話は次の通りだった。

「どうだった？　ドライヴ・クラブ」

「だいたいは兼彦氏の話どおりだよ。日曜日の夜、八時十五分ごろ、小柄なやせ型の、まだ若そうな男がクラブに現われて、一台のトヨペットを借りた。その男は、ミルキー・ハットを目深くかぶって、しかも光のとどかないすみに立っていたので人相はよくわからなかったが、黒ぶちの眼鏡で、変なかすれ声を出したそうだ。車を借りて運転して行ったのだが、それがおそろしくへたくそで、今にも郵便局の角にぶつけそうにするので、店の者はもう少しであとを追いかけようかと思った。車は、さっきの話のように、ドライヴ・クラブから五百メートル足らずの林のかげで発見されたが、ガソリンの消費量からみて、八キロないし十キロくらいは走ったらしいということだった。――ところで悦子の聞き込みは？」

「それが、てんで話にならないのよ。人見さんも野田さんも、日曜の夜はぐっすり眠ってしまって何も覚えがないっていうのよ。野田さんなんか、あんなにおびえていたくせにね。手術室で話していた家永さんの相手は、だれだったのかしら？」

「今のところ、だれとも言えないが、人見・野田両看護婦と女中のカヨさんでないことだけは、まず確実だ。なぜなら、これらの人々に対しては、家永看護婦は『何々ですか？』と言った、ていねいなことば使いはしないからだ。彼女が、こう言うことばで話す相手は、兼彦氏はじめ箱崎家の一家と、患者とその家族、および、僕等の全然知らないだれかということになる」

「平坂氏が、午後の二時から夜中の二時まで、手術室にかくれていた――と言う想像は？」

「だめだめ。夜九時ごろに、大野嬢が、かつぎ込まれて来たじゃないか。あの時は、兼彦氏と三人の看護婦が手術室に出たりはいったりしている。大野嬢が意識が確かだったとすると合計五人だ。五人もの人間が、平坂氏とぐるになっているとは考えられないよ」

兄は、またしても、手相の研究に没頭し始めた。数学の宿題で、むつかしい式の立て方を考える時など、まるで答の出ているトラの巻でも見るように手のひらの筋を見つめるのは、兄の昔からのくせだった。私は質問したいことが山ほどあったのだけれど、あきらめて、おとなしくしていた。

薬の分析は、あすの午前に結果が判明するということだった。

七月八日　水曜日

　またしても梅雨《つゆ》に逆戻りしたかのような、うっとうしい空だ。ふってはいないのだが、空気が湿っぽくきりをふくんで、連日の暑さに慣れた体には、はだ寒くさえ感じられた。

　私はひとり、部屋に坐って新聞を読んでいた。指名手配のアミは全国にひろげられ、厳重な捜査が続けられている模様だが、平坂氏の足どりは依然としてナゾに包まれたままだった。箱崎医院の抜穴の中に、老夫人の死体と紫チリメンのふろしきを残したまま、彼はどこへ消えてしまったのだろう？　我々のすぐ身近に、抜穴の存在を知っていた者がいたと兄は言うけれど、それはいったいだれなのだろう？　ドライヴ・クラブに現われた、やせた小男は、今度の事件に果して関係があるのだろうか？　この家には、やせた小男などは、ひとりもいはしない。平坂氏は肩はばの広い大男だったし、兼彦院長と英一さんと私の兄の雄太郎は、やせ型ののっぽだし、宮内技師は小柄だがずんぐりしている。問題の体格にあてはまるかもわからない桐野青年は、足を折って五号室のベッドに横たわっている。

　わからないことは、まだまだある。二号室のクッションの中に、平坂氏の薬袋を押し込んだのは、いったいだれだろう？　私たちが二号室にいた時、ドアの外にいた女はだれなのだろう？　今度は女性を検討する番だ。きのう現在医院にいた女といえば、幸子ちゃんと十三歳の工藤まゆみ嬢と、あの時ちょうど退院して出て行った大野さんを除けば、きっかり十人いる。敏枝夫人、ユリさん、女中のカヨさん、三人の看護婦、私、それに入院患者関係で桐野、工藤、小山田の三夫人だ。このうち、三人の看護婦とカヨさんは、ふだんは化粧料を用いていないから、あの時ドアの外にいた人物の検討からは除外していいと思う。本来ならば家永看護婦を疑いたいところだが、廊下に漂っていた香料の香は絶対に思いすごしではなかった。

　化粧料と言えば、ユリさんの脱毛クリームの空かんを抜穴の土の中にかくしたのは果して何者だろう？　抜穴——防空壕——死体。私は何ということもなく立ち上った。防空壕へ行ってみよう、と思った。理由は別にない。ものを考えるよりも体を動かす方が得意の私は、じっと坐って頭の中のこんがらかった糸を解きほごす仕事にうんざりしたのだ。薬の分析の結果を聞きに、友人の所へ行った兄はまだ帰って来ない。

私は外へ出た。真直ぐに壕へ向って歩いて行った。壕は徹底的に捜査されたあと、別に封印もされていなかったが、今さら惨劇の現場を見に来る物好きもないとみえて、セメントの床には指紋検出の白い粉がついたままだった。私は粉のついた部分を避けて、注意深く壕内に下り立った。新しい発見は何もなく、抜穴のふたもぴったり閉じられていた。

頭上で、飛行機の爆音がした。相当な低空らしい。壕の中にいても、耳のコマクがびりびりする。これが戦時だったら、私はどんなにキモを冷やして、ここにうずくまっていることだろう。

飛行機が遠ざかった時、私は何気なくあたりを見回した。次の瞬間、体中の筋肉がつっぱるのを感じた。心臓が一尺もとび上って、のどの穴につっかえた。抜穴におりる床のあげ板が、じりじりと持ち上って来るではないか！　のろわしい飛行機さえいなかったら、私はとっくに物音を聞きつけていたはずなのだ。私の頭の内側を、老夫人のむごたらしい死顔がかすめ過ぎた。

あげ板が、ごとりと音を立てた。板の下から、大きな男の手が現われて、穴のへりをつかんだ。私の背を、氷の破片が走った。私は、まりのように壕の入口めがけて飛んだ。そのとたん私は恐ろしい地ひびきとともにその場に倒れた。石段で向うずねを打ったのだ。声を立てたかどうか覚えていない。気がついた時、大きな手が私の肩をつかんでいた。

「人殺し！」

と私はわめいた。

「どうした？　えっ？」

耳のそばで、聞き慣れた声がした。私は、何が何やらわからなかった。

「何があったんだ？　悦子」

私はようやくわれに返った。私を悦子と呼ぶ者は、ただひとりしかいない。私ののどの回りが、冷たい汗でぬるぬるしていた。

「ばか、ばか、ばか」

私は兄の腕をつかんで揺すぶった。

「びっくりするじゃないの。あんなとこから出て来るなんて」

「驚いたのは、こっちさ」

兄は苦笑して言った。

「人殺しというのは僕のことなのかい？」

「当りまえよ。何だって抜穴なんかから来たのよ?」

私はぷりぷりしながらスカートをまくってみた。石段にぶつけた所が、赤紫色のアザになっていた。

「やむを得なかったんだよ。僕は裏道から帰って来たんだが、勝福寺の坂まで来ると、下から吉川老将軍が、つえをふりふり上って来るのが見えたんだ。あのじいさん、このところ僕の顔さえ見れば将棋の相手をさせようとするんだよ。つかまったら最後三時間は逃げられないからね。とっさに思いついて、寺の境内へとび込んで近道したんだ」

私は笑う気にもなれなかった。こんなばかげた話はありゃしない。ひざの下のアザがなおるまでは、雄太郎兄貴も、閣下の将棋も、抜穴を作った清川氏とやらも、許してなんかやるものか。

「ところでね。悦子。ビッグ・ニュースがあるんだ。あの薬の包に――」

「イーだ」

と、私はあごをつき出した。

「探偵ごっこなんか、私もう知らないわ。よした」

「おやおや」

と兄は嘆息した。

「仕方がない。僕は敬二君の所へ行って来るぜ。どうも、すまないことをしたね」

私は、そっぽを向いて返事をしなかった。

五分もぐずぐずしてから七号室へ帰ると、兄の姿はもう室にはなかった。泥のついた開襟シャツとズボンが、腰掛の上に脱ぎ捨てられていた。ことづけの品を取りに、敏枝夫人の所へでも行ったのだろう。

私はヨジーム・チンキの小びんを取り出して、アザに塗った。ひざの下ばかりでなく左手もすりむいて、ひりひりしていた。びんをしまう時、私の目に、たなの下に置いてある兄の道具箱が止まった。手先の仕事の好きな兄は、いろいろな大工道具を持っていた。カンナ、のこぎり、金づち――等の間にまじって、一にぎりの五寸釘がボール紙の箱にはいっていた。私の頭にふと一つの考えが浮かんだ。いったいどうしてあんなことを思いついたのか、今となっては自分にもわからない。ともかく私はむしゃくしゃしていた。おそろしくむしゃくしゃしていたのだ。傷は、ずきんずきん脈を打っていた。――そうなのだ。私は、あの憎らしい抜穴に復讐《ふくしゅう》したかったのに違いない。

仕事は、五分とはかからなかった。ボール箱から五寸釘を二本つまみ出すと外へ出た。

防空壕をはい出した私は、そのまま駅の方へ走った。背の低い人間は走れない、というのは俗説に過ぎない。私は四尺八寸の六頭身だが、小学校から高校まで、短距離の選手を勤めて来た人間である。私が駅へかけ込んだ時、ちょうど電車がホームへすべり込んだところだった。ホームのはしに立っていた、のっぽな兄は、私の姿を見ると、にやりと笑って手を高く上げた。その手には淡赤い切符が二枚、まぎれもなく二枚にぎられていた。やっぱり兄貴だ——と私は心の中で褒めて、抜穴の一件を忘れることにした。

平日のくせに、電車は混んでいた。どんなに努力しても、私は一メートル半より兄に接近することはできなかった。私たちが、やっと落ちついてことばを交せるようになったのは、新宿駅前のそば屋に、昼食をとるためにはいった時だった。

「ビッグ・ニュースって何？　にいさん」

他の客から離れて、すみのテーブルに腰を下した私は、兄の方に体をかがめて小声でささやいた。

「例の薬ね、中身はアヒ酸なのさ。二包とも」

「アヒ酸？」

私は、あやうく高くなりかけた声をのんで、

「全部がなの？　混ぜてあるんじゃなくて？」

「ああ、ごく純度の高い無水アヒ酸だそうだ」

「それじゃにいさん。もし平坂氏が、薬に敬意を払う人だったら、二号室でも殺人が起っていたわけ？　この毒殺未遂事件の犯人は、あらかじめアヒ酸を散薬の包紙に包んで持っていたのね。そして機会を待って残っていた二包の薬と、アヒ酸の包を取りかえたというわけね」

「多分そうだろう。それから、もう一つ有力なカギになる事実は、平坂氏が数日前から薬を飲むことをやめてしまっていたということだ。わかるかい？」

「そうだわ。平坂氏の薬袋にアヒ酸を入れた人物は、彼がもう薬を飲まないということを知らなかったんだわ。すると野田さんの言っていた五人の人――清子夫人、兼彦氏、それに看護婦三人は除外していいわけ？　いや、そうは言えないわね。この五人の中のだれかが平坂氏を毒殺しようとして、散薬をアヒ酸と取りかえた、ところが平坂氏は幸運にも、その時から薬を飲むことをやめてしまったので、毒殺をたくらんだ人間は、あてがはずれた、ということも考えられるわ」

「僕は、そうは思わないな」

と兄は首をふった。

「僕は、この毒薬事件に関する限りは今あげた五人は除外して考えていいと思う。可能性という点から言えば、この五人が最も、平坂氏の薬をいじり易い立場にあったわけだが、そのことがかえって、この人たちの潔白を証明しているような気がする。ねえ悦子。かりにだね。僕が病気で薬を飲んでいるとする。すると悦子が、僕を毒殺しようと考える。——まあ、もののたとえだよ。——悦子は、アヒ酸の包を作って、僕の散薬の包とすりかえる。いっしょにいて世話をしているのだから、それは、ぞうさもないことだ。ところがだよ。僕はその時から、たまたま薬を飲むのをやめてしまう。毒薬のことなどは夢にも知らないが、『おれはもう病人じゃない』とか何とかってなことを言ってね。悦子は、僕が期待どおりアヒ酸を飲んでくれそうもないのでがっかりする。その時悦子はどうするね？　がっかりしっ放しで、ほっておく？」

「薬をまたもと通りにすりかえるわ」

と、私は即座に答えた。

「そうしなかったら発覚するおそれがあるもの。もし本物の薬を捨ててしまっていたら、仕方がないから、アヒ酸の方も捨てちゃって薬袋は空にしておくわ。怪しまれたって証拠がなければそれっきりですもの」

「そうだろう？　今問題になった五人の人は、平坂氏の薬を毒薬とすりかえるチャンスも十分持っている代わり、その計画が失敗とわかった時には、薬をもとどおりにするチャンスも同様に持っているんだ。決してクッションの間に押し込んだりする必要はないはずだよ」

「そう言えばそうね。クッションの間に入れるなんて、いったいだれがどうして……」

「飛躍しちゃだめだよ。一歩一歩考えつめなければ。——僕等は容疑者のリストから五人を削ることができた。このことは、容疑者の範囲をせばめるばかりでなく、薬がいつ、すりかえられたかという時刻の点でも、ぐっと範囲をせばめるんだ」

「どうして?」

「話をかんたんにするために、『平坂氏の二包の散薬をアヒ酸二包とすりかえた人物』を、『人物X』と呼ぶことにしよう。いいね? それから薬袋をクッションの間に押し込んだ人間を『人物Y』として……」

「待ってよ、にいさん。じゃあにいさんは、その二つの行為は別の人間のしわざだというの?」

「そんなことわかるものか。ただ、今はこの二つの行為をした人間は、それぞれ未知数だから別々の字を当てはめるべきじゃないか? さらに細かく検討して行って、その二つが同じ人間のしわざだということが証明されたら、方程式の答は、（X＝Y＝だれそれ）ということになるのさ」

「わかったわ。でこれまでの推理でいうと『Xは、清子夫人、兼彦氏および三人の看護婦のいずれにもあらず』というところまで証明がすんだわけね」

「そう。ところで平坂氏の入院中、二号室に大っぴらで出入りしていたのは、今あげた五人だけなんだ。平坂氏という人は、ほかの室の患者が退屈まぎれに訪問するというたたちの人じゃなさそうだし、見舞客もひとりもなかったらしい。だから人物Xが、薬をすりかえに二号室へはいったとすると、Xは、おそらく室に人のいない時をみてはいったと考えるのが自然だろう？　ところが平坂氏は、ずいぶんよくなってからでもトイレに行く以外病室を出たことはないし、清子夫人もほとんどいつも室にいたらしい。無論理論的に言えば夫婦が同時に室を留守にしたことが一回もなかったとは言いきれないが、それはごくまれな、そして危険なチャンスだと言わなければならない」

「にいさんの言おうとしてること、だいたいわかったわ」

私は口をはさんだ。

「人物Xが薬をすりかえに二号室にはいったのは、清子夫人が家へ帰されてしまった、日曜日の午前十時よりあとのことだと言いたいんでしょ」

「うん。確実にというんじゃないが、そう考えるのが一番順当な気がするんだ」

「で、その人物Xだけど、だれだと思うの？　にいさんは」

「まだわからん。僕等は、平坂氏という人の私生活について全然知らないから、彼の殺害を企てるだけの動機を持った人物は、果してだれなのか見当がつかないんだ。敬二君は、たしかに何か知っているらしいがね」

「敬二さんと言えば、笠井あきら氏が敬二さんだということ、どうしてわかったの？　私、いくら考えてもわからないわ」

「実を言うと僕は、雑誌に図面が出ていたのを思い出した時、すでにそうじゃないかと思ったんだ。笠井あきらという男は、箱崎医院の図面を実際に手に入れて持っているか、でなければ以前この家に住んだ経験があるにちがいない。たまにお客に来たぐらいで、レントゲン室の窓の位置や、一つ一つのドアの開き方まで正確に覚えていられるものじゃないからね。それだけでは、笠井が敬二君であると考える根拠は薄弱だが、敬二君が探偵小説のファンで、おまけに作文がうまかったという話を思い出した時は、もう確実だと思った。それに会ってみたら敏枝夫人にそっくりだし」

「似てやしないわよ、ちっとも。英一さんなら、どう見てもお父さんの子だけど」

「似ているさあ。目もとや、顔の輪カクが、生き写しだ。あの青眼鏡をはずして、髪の毛を、敏枝夫人がやってるように、生えぎわから上に持ち上げたら、悦子にだって一目でわかったよ、きっと」

「どうしてあんな変な変装するのかしら？」

「好きなんだね。ロマンチストなんだよ。彼が抜穴の秘密を知っていたのは、ふしぎじゃないな」

「何ですって？」

私は思わず大声を立てた。兄は軽く手で制しながら、くすりと笑った。

「彼は抜穴の存在をとうから知っていたんだよ。大方自分だけのお気に入りの秘密にして、エドモン・ダンテスでも気取っていたんだろう」

「でも、どうしてそれがわかったの？」

「ユリさんの指輪を盗んだのが彼であることがわかったからさ。気がつかなかったかい？　僕が抜穴からブリキかんが出た話をした時、彼が『何だってそんな物が埋めてあったのか？』と言ったのを。僕は決して、埋めてあったなんて言いやしなかったんだぜ」

「じゃあ、あれを埋めたのは、敬二さんだったのね。道理で抜穴のことばかり聞きたがると思った」

「自分のかくした指輪が発見されたかどうか、心配だったんだよ。彼はユリさんの手箱のあけ方を知っていたか、それともユリさんが故意にウソをついているか、どっちかだね」

「ユリさんて言えば、あの人はほんとに自殺するつもりだったのかしら？　あの時はウソだなんて思えないほど、真にせまって感じられたけど、今になってみると、なんとなくふに落ちない気がするわ。お母さんの形見の、どんなに大切で高価な指輪か知らないけど、指輪が紛失しただけで自殺をはかるなんて」

「たしかに妙だね。それに、自殺しようとまで思いつめた少女が、指輪が出て来たとたんにけろりと学校へ行くのは、いくらなんでもドライ過ぎるんじゃないかな。ともかく巣鴨へ行ってみよう。案外ユリさんの秘密もわかるかもしれないぜ」

「笠井さんなら出かけてますよ。もうそろそろ帰るころですがね」

太ったかみさんは、私たちの顔を見るなり向こうから声をかけて来た。きのうのきようだから見忘れるわけもない。

「上って待っていただけるといいんですが、留守にはだれが来ても、部屋に入れちゃいかんと言われてるものですからねえ」

「いや、いいですよ。ここで待たしてください。すみませんが」

兄は店の上りがまちのはしに腰をおろしながら、かみさんに話しかけた。

「ところで笠井君は、間代はちゃんと払ってるんですか？　彼のおふくろが、小遣が足りなくはないかと言って心配してるんですがね」

「あら、あの人の両親て亡くなったんじゃありませんの？　たしかそう聞いたと思ったんだけど」

「死んだ？」

兄は、まごついた。私はもう少しで吹き出しかけた。

「死んだのは父親の方だけですよ。おかあさんは生きています。目が悪いから、手紙はめったによこさないかもしれないが」

「そうだったんですか？　お気の毒にね。間代は、ここ二月ばかり溜ってたんですけど、つい四、五日前に、まとめて払ってくれましたよ。ええ、七月分までね」

「四、五日前に？　それは何日です？」

「四日の日でしたっけねえ。そうそ、たしか四日の夜でしたよ。原稿料がはいったからってね」

「いくら払ったんです？」

「一ヵ月、三千六百円で、二た月ですから七千二百円です」

　その時、靴音がした。青眼鏡の作家氏が店にはいって来たのだ。彼は私たちを見ると一瞬とまどった表情を見せたが、すぐ愛想のよい笑顔になって、

「いらっしゃい。その後どうです？　例の殺人事件は？」

「いくらかずつは進展しているようです。また君に御意見を聞いてみたいと思って来たんですが」

　兄が、さりげなく言うと、笠井あきら氏——否、箱崎敬二君は、上機嫌で私たちを部屋に通した。私は彼の横顔をしげしげと眺めた。そう言われて見れば、鼻のかっこうや、あごの線など、敏枝夫人に似ているようだ。年は私と同年輩のはずなのだが、どうしても、五つ六つは年上に見える。

「で、話というと？」

　彼は厚いくちびるにシガレットをはさんで、マッチをすりながら尋ねた。

「説明していただきたいことが二、三あるのです。まず第一に、君は折角盗み出した指輪を、なぜ抜穴の中になんかかくしたのです？」

「なに？」

彼はみるみるトマトのように真赤になった。それから憤然として叫んだ。

「君は、何の理由があって、僕を泥棒呼ばわりするんだ？　抜穴の話なんか、僕はきのう初めて聞いたばかりじゃないか。何でそんな所にユリの指輪なんかを――」

「ユリの指輪？　では君はやはりユリさんを知っているんですね」

兄はにやりとした。相手は、つかみかからんばかりの勢いでわめいた。

「貴様ぜんたい何なんだ？　私服か？」

「ほえるのはやめたまえ、敬二君」

と兄はきびしく言った。

「僕は、君を逮捕しに来たわけじゃない。君がほえれば、店にいるかみさんがきもをつぶすだけだ」

「そんなら、おれをどうしようてんだ？」

敬二さんは、やや弱々しく兄の顔を上目づかいに見上げてつぶやいた。

「どうもしないさ。ありのままの事実を聞かしてもらいたいだけだ。指輪の一件を黙っていて欲しかったら、君は僕の質問に素直に答える義務があると思うがね」

彼の口の形が「畜生！」と言った。が声にはならなかった。ふてくされたようにすわり直して彼はささやいた。

「で、何が聞きたいんだ？」

「今も言ったろう？　君はなぜ指輪を抜穴になんかかくしたんだ？」

「ヤバイからさ、身につけてるのは——。それにさすがのおれも気がとがめたんだ。あいつはユリにとっちゃ、死んだおふくろの形見だからな」

「何とか言ってら。金に替えるのが、やっかいだったからだろう。君は、いつから抜穴のことを知っていたの？」

「何年も前さ。おやじがあすこの家を買って間もなくだ、あのしかけを見つけたのは。おれは、うちのやつの目をかすめて遊びに行くのに、ちょくちょくあのトンネルを利用したが、うちの連中と来たらだれひとり気がつかなかった。想像力と好奇心に欠けたやつばかりだからな」

「じゃ君は、うちの中には君以外に抜穴の秘密を知っていた者はいないと言うの？」

「ああ、知ってたやつがいるとは思えねえよ」

「君は平坂氏という人を——いや、それはあとで聞こう。君が指輪を持ち出したのは、正確に言うといつだ？」

　彼は、ちょっと考えてから話し出したが、その声は最前からみると、よほど落ちついておだやかになって来ていた。

「土曜日の午前十一時ごろだった。おれは幾月ぶりかで家へ帰った。新しい小説を書くための参考に、おれの本を一、二冊取って来たかったんだ。うるさいから、うちの者には顔を見せないつもりだった。おれは裏木戸からはいって自分の部屋へ行き、本を二冊出した。それから隣のユリの部屋へ行った。都合があって女の下着について調べてみたかったんだ。別に変な気があったわけじゃないぜ。ユリの引出をあけると、はだ着の下に、脱毛クリームのあきかんがかくしてあった。あいつ、キツネみたいなつらをしやがって、あんなもの使うのかなあ」

「それから？　ごまかさないで話せよ」

「ごまかしてなんかいねえよ。——何の気なしにユリの本箱の引出をあけると、寄木細工の箱の中に指輪のケースがはいっていた」

「君は、その箱をあけられるの？」

「あけられる。前にユリが教えてくれたんだ。おれは、指輪をクリームのかんに入れて、防空壕へ持って行き、抜穴にかくした。今考えれば、ばかなことをしたものさ。指輪そのものが欲しいというよりも、そんなことをやってみたかったんだな。おれは勝福寺の床下を抜けて、ここへ帰った。抜穴を通ったのは、三年ぶりくらいだったかもしれんな」

「本と指輪のほかにも何か持ち出したの？」

「いや。それだけだ」

「ここの間代を払った金、あれはどうした金だね？」

「原稿料さ」

彼は、ふたたび険悪な表情になって言った。

「前からたまっていたのを、まとめてもらって来たんだ」

「何という雑誌社から？」

「貴様、税務署の手先か？　どこの社だろうが、よけいなお世話だ」

「言いたくないのなら、まあいいや。ところで君は、平坂勝也という人に会ったことがあるか？」

「ない」

「夫人には？」

「清《きよ》ちゃんかね？　彼女には会ったよ。ことばを交わしたこともある。高校で二級上だったから」

「君の二級上？」

「そうだ。兄貴と同級だった」

私はアゼンとした。清子夫人と箱崎英一さんがクラスメートだったとは！　私は、清子夫人の年齢を、二十八歳より下には見つもっていなかったのだ。兄もさすがに驚いた目で、

「英一君と同級？　で、いつ結婚したの？」

「卒業するとすぐだったよ。ぶちわって言えば兄貴は彼女に首ったけだったんだ。一人前の医者になるまで待っていてくれぐらいのことは言っていたらしい。無論うちでは何も知らなかった。親なんてものは甘いからなあ。やかましいのは口ばかりで――」

「すると、彼女の方は愛していなかったの？　君のにいさんを」

「愛していないどころか大熱《あつ》さ。ところが卒業まぎわになって、彼女の親父が破産した。平坂は債権者の中でも大物のひとりだった。破産した親父というのが、やはり古美術をあつかっていた男だったのだ。それからあとは新派悲劇さ」

「なるほど」

「兄貴はノイローゼになっちまった。冷静無比の秀才づらしてやがるくせに、その年の受験は、とうとうとちっちまう始末さ。親父やおふくろは、がっかりしたぜ。うちの親父ってのは気の毒なほど勤勉なたちで、名声ってやつを非常に大事にしてるが、

自分の築きあげたものをそっくり継がせるあととりとして、兄貴に目をかけてるんだ。たしかに兄貴は、いいあと継ぎ息子だよ。おれなんかたア、違うからな」

「まあそう言うな。しかし、おとうさんやおかあさんは、そのいきさつを知らなかったの？」

「知るもんかい。おれとユリは、しきりに痛快がったもんだが――。だが清ちゃんにしたって、あてにもならん約束を十年も待ったあげくに町医者の細君に納まるなんてのは、あんまりぱっとしなかったんだろう。平坂氏とは、たっぷり二十は違うはずだが、何と言ったたって格が違わあな、格が――」

　彼は、ふと口をつぐんだ。兄の雄太郎が、もう自分の話を聞いていないのに気づいたのだ。兄は一種のきらめきをおびた目をちゅうにすえて、深い物思いに沈んでいた。が、不意に立ちあがると言った。

「僕、失礼します。指輪のことは黙ってるから気にしないでいいですよ。――これ、おかあさんからの、ことづかり物です。失敬」

　文房具屋から駅までの距離を、兄は一こともものを言わずに歩いた。触れれば感電しそうな、ぴりぴりした緊張が、並んで歩いている私の体にまで反射していた。駅のまぢかまで来た時、兄は突然立ちどまって私の方に向き直り、低く言った。

「悦子は、平坂氏がほんとうに失踪したと思うかい？」

私は、ぞくっとした。無言で兄の目を見つめた。

「平坂氏は、殺されたのじゃないだろうか？」

兄は、もう一度ゆっくり言った。

「殺されたって——いつ？」

「おばあさんといっしょにさ。二つの殺人を犯した犯人は、平坂氏が老夫人を殺したとみせかけるために、彼の死体を自動車で運び去ったのだ」

「電話がかかって来たじゃないの！」

私は、自分でも驚いたほど強い語調で言った。電話がかかって来た——という事実に、すがりつくような気持だった。平坂氏に義理があるわけではないが、兄のことばが、わけもなく不気味で、やりきれなかったのだ。兄は、うなずいて語をついだ。

「そうなんだ。あの電話のために、僕は今まで真実から目をそらされていた。僕ばかりじゃない。警察も平坂氏の生存を疑ってみようとはしなかったのだ。だが平坂氏が生きているという仮定を支える事実が、あの二回の電話をのぞいて一つでもあるかい？　今もし、あの電話が彼以外の人間によってかけられたことが証明されたら、これまでの見込みは全部くずれてしまうんだ」

「それはそうだけど、あれがニセ電話とは考えられないわ。平坂氏の声は、特徴のあるがらがら声で、聞き違えるはずがないって、皆が言っているんですもの」

「しかし悦子、考えてごらん。一回目の電話を受けたのは、平坂氏の本ものの声を聞いたことのない悦子だった。二回目のは野田さんが出たが、彼女はひどくおびえていたし、そのうえ相手は、一こと二ことしゃべっただけで電話を切ってしまった。似た声でありさえすれば、十分平坂氏の声として通用するような状況だったんだ」

「でも一回目の電話に私が出たのは、まったくの偶然だったのよ。ほんとなら看護婦のひとりが出るはずだし、場合によっては清子夫人自身が出たかもわからないのよ」

「そのとおりだ。つまりニセ電話の声は、犯人が十分自信が持てるほど、うまくできていたものに違いない。それを、平坂氏の声を知らない悦子と、ただささえおどおどしている野田さんが受けたんだもの、ごまかされない方がふしぎと言わなければなるまい？」

「じゃあにいさんは、あの電話は、だれがかけてよこしたものだって言うの？　箱崎医院には、鼻にかかったがらがら声の男なんてひとりもいないし、電話がかかって来た時、男の人はたいがいうちにいたわ」

「男はね、しかし女は？」

「女？　ああ家永さんがいるわ。あの人の声はがらがらで、声の質は平坂氏によく似ているらしいけれど、でも女が男の声をまねるのは、まず不可能だわ。声の高さが一オクターヴは違うんですもの」

「そこでなんだ。声の高さというやつは、何で決まるんだい？　悦子」

「音波の周波数で決まるわ。周波数の多い音は高く聞え、少い音は低く聞える。一オクターヴあがるごとに周波数は倍になる、なんてことぐらい、にいさん知ってるでしょ？」

「知っていることを、一つ一つたしかめてみるのが大事なんだよ。では、音色は何で決まる？」

「音色は――と。音色は周波数とは関係なく、音波の波の形で決まるのよ。ピアノの音は、どの高さをとってみても波形は同じで、ピアノ特有の波形を持っているから、Cのキーをたたいても、Fのキーをたたいても、ピアノの音が出るわ。バイオリンはバイオリンの、フルートはフルートの、それぞれ特有の形の波形を持っているから、どんな高さで鳴らしてもその楽器特有の音が出るのよ。一方ピアノのドの音と、バイオリンのドの音は、音色は明らかに違うけれど、周波数が同じだから、どっちもドの音に聞えるんだわ」

「そこまで知っていて、わからないのかなあ。ここにふたりの男女がいる。声の質はよく似ているが、声の高さは男と女だから当然違うね。今悦子の言った、CのキーとFのキーみたいなもので、波形は同じだが周波数は異なるという場合だ。ところで悦子は、男の声から女の声を作ったり、女の声から男の声を作ったりする実験をしたことはないかい？」

私は、はっとした。暗やみの中に立っていて、一瞬強い光に照らし出された感じだった。私は兄の顔をふり仰いで、震える声でささやいた。

「テープ・レコーダー？」

兄は、うなずいた。

「そうだったわ。思いつかなかったのがふしぎなくらい。音響学の講義で、実験したことがあったわ。男の友だちの声をテープに吹きこんで、再生する時廻転数を増すと、女の声に変ったわ。しゃべり方は早口になるけど」

「家永看護婦のしゃべる声の周波数は、大体四〇〇サイクル前後だろう。彼女が、まずふつうに話してテープに吹きこみ、テープの速度を落して再生する。平坂氏の声らしく聞えるところまで来たらやめて、廻転数の比率を求める。平坂氏の声が、かりに二〇〇サイクルとすると周波数にして二分の一になるね。そこで彼女が二倍のピッチでしゃべって、二分の一の速度で再生すると平坂氏の声ができる。実際は、これほどかんたんには行くまいが、話し方のくせを研究しながら幾度か繰り返せば、相当似たものができるんじゃないか？　僕が、電話の声をテープ・レコーダーにちがいないと思う理由はもう一つある。僕自身が聞いたわけではないが、平坂氏は電話で決して返事というものをしなかったんじゃない？　違う？」

「そうだったわ。自分の言いたいことだけ言って切ってしまったのよ」

「皆はそれを、平坂氏のエゴイスティックな性格のためと解釈したらしいが、実はもっとほかの意味があったんだ。次にテープ・レコーダーを使って電話をかけてよこしたのはだれかという問題だが、僕は家永看護婦自身だと思う。テープを使うのなら、彼女でなくたってかけられるわけだが、僕がそう思う理由は、電話がかかって来たのは二回とも彼女のるすの時だったからだ。第一回目は、日曜の夜の八時過ぎだったね。この時刻で、何か思いあたること、あるかい？」

「思いあたるって、何も――あっ、そう言えば大洋ドライヴ・クラブで自動車を借りた小男は、彼女だったんじゃないかしら？　あの人は女としては中背で、むしろすらっとして見える方だけど、男の服を着たら小柄に見えるにちがいないわ」

「僕もそう思う。彼女が自動車の運転ができるかどうか調べると、もっとはっきりするだろう。だが僕たちだけのかってな捜査は、そろそろ行きづまりに来た感があるなあ。僕等が今ぜひ知りたいことは、平坂氏が殺されたものとすると、その死体はどこに行ったかと言うこと、問題のテープ・レコーダーは、どこにあって、どのようにして彼女が利用したかということ、自動車は日曜の午後八時から月曜の午前二時までの六時間、どこにかくされていたかということだ。この三つの事実の説明がついた時こそ、僕等の想像が単なる想像でなくなるのだが、こういう捜査には、やはり警察力が必要なんだ。もっとも自動車の件は、警察でも聞き込みを続けているだろうから、そのうち何かわかるかもしれないが」

「いっそのこと警察に行って、これまでに私たちの出した結論を話してしまったらどうかしら？」

「善良なる市民のなすべきことだろうね、それが。——七分通りほめられ、御苦労様でしたと言われて引きさがる、あとの解決は警察にまかせて、自分は一生涯、子や孫に、おじいさんの自慢話というやつを話して聞かせることで満足する——ごめんだなア。僕はだれにもほめられようなんて気はないが、パズルを解く興味でここまでやって来たんだから、答はやはり自分で見つけ出したい。もちろん警察のじゃまをする気はないし、仲間に加えてくれるんだったら喜んで捜査に協力するんだけど」

「にいさん。警察が気がすすまなかったら、老警部の所へ話を持ちこんでみたらどうなの?」

兄は、大きな茶色の目を、なお一層大きくして私の顔を穴のあくほどみつめた。それから、うん! と、こぶしでちゅうを打った。

「あの人を忘れていた! ずいぶん長いこと訪ねないが、もとの所に住んでいるかしら?」

老警部というのは、名は峰岸周作と言い、私たちが疎開前まで住んでいた目黒の家の、すぐ近所にいた老人だった。警視庁の捜査係長を長年つとめ、私たちの子供のころにはすでに悠々自適の生活にはいっていたのだが、私たちの変屈屋の父と、どういうものか気が合って、始終往き来していた。私たちは彼をおじさんと呼んで、犯人捜査の話をしてもらっては目を輝かして聞き入ったものだが、父が老警部老警部と呼ぶので、私たちまでそう呼ぶくせがついて、私の一家ではいつのまにか、それが固有名詞になっていた。もう十数年会わないが、父の所に年賀状が来ていた記憶があるから、おそらく、もとのすまいにいるものと思われた。私は自分が言い出したことだし、もちろん一しょに行くつもりだったのだけれど、兄はどうしてもそれを許さなかった。

「悦子には、行ってもらいたい所があるんだ。僕も実は行きたいんだが、僕より悦子ひとりの方がいいように思う。女は女同士だから」

平坂清子夫人のもとへだった。平坂家の訪問は、私も大いに興味があったので、老警部との再会は、またの機会にゆずることにして、私は新宿駅で兄と別れた。

「で、わたくしの心持は、わかっていただけましたのですね？」

私は、目のまわりに睡眠不足の黒いくまのできた、清子夫人の青ざめた顔を見やった。

「わかりましたわ。さっきは門前払いなんかしようとしてごめんなさい。でもわたし、もう毎日毎日が耐え切れない気がしますの。新聞にはあのとおり書き立てられるし、新聞記者はうっかりすると、うちの中まではいりこむし、女中のトキが買物に出ても、いやなことを言われたり、じろじろ見られたりするんですって。わたしが娘のころからいる、年とった女中で、しんからわたしのことを思ってくれていますので助かりますけれど、若い子なんかでしたら、とっくに逃げていますわ。ところで何をお聞きになりたいんですの？」

「ぶしつけなお尋ねですけれど、奥様は、御主人があんなことをなさったとお信じになります？」

口にしてしまってから私は、少しきつ過ぎたかな、と思った。せっかく打ちとけてもらえるように努力したのに、ここで怒らせたら台なしだ。兄がいつも言うことだが、私たちは人を尋問する権利などありはしないのだから、相手の気持を損じないで、知りたい事実を引き出すのは、まさにツナわたりにもひとしい難事だった。だが夫人は、別に腹をたてた様子もなく、

「信じませんわ」

と、あっさり言った。

「悦子さんは御存知ないでしょうが、わたしの主人が、商取引のために人を殺すなどということは、万に一つもあり得ないことなのです。手に入れたいと思う品があったら最後、どんな残忍な手段でも、忍耐強い手段でも用いて、最後には手に入れる人ですけれど、法律に触れるような、まずいことをするとは思えませんわ」

「では、もしかりに――ほんとにかりにですけれど――平坂さんは失踪なさったのではなくて殺されなさったのだとだれかが言ったとしましたら、奥様は、それもあり得ないことだとお思いになります？」

夫人の青い顔が一段と青ざめた。苦悩にやつれた夫人に、このような話を持ち出すのは、いけなかったのではあるまいかと、私は心中ひそかに後悔した。夫人はしかし、格別ふるえもない声で、はっきり答えた。

「それでしたら、あり得ないことだとは思いません」

「どうして？」

「あの人は、殺されても仕方のないようなことをして来ていますもの。正直言って、わたし自身、幾度主人を殺したいと考えたかしれませんわ」

「いけません、そんなことおっしゃっては」

と、私はあわててさえ切った。

「平坂さんは、ほんとうに殺されなさったかも知れないのです。警察も近いうちに、そういう方針で捜査を始めるでしょう。そうなった時、今おっしゃったようなことが、警察の耳にはいったら大変なことになりますよ」

「あなたは正直なお嬢さんね。わたしが、もしほんとに主人を殺したのだったら、あんなこと、ぬけぬけと言うとお思いになるの？」

そう言った夫人の声には、かすかなあざけりの響きがあった。私は少しむっとした。が、さりげなく、

「でも前にはどうお思いになったにしろ、実際に御主人が殺されておしまいになったとしたら、やはり殺した人がはっきりして、万事がすっきり片づくことをお望みになりますでしょう？」

「ええ、それはね」

夫人は、あいまいに答えた。私は続けて、

「奥様、もしもあなたが、この一週間の間に、これはおかしい、ふに落ちない、とお思いになったようなことがありましたら、話していただけません？　どんなつまらないことでも結構ですから」

「そうねえ、そう言えば変に思ったことが一つありますわ。平坂のいなくなった、日曜日の夕方のことでした。わたし、電話でお知らせを受けて車で箱崎医院にかけつけたんですけど、二号室にはいりましたら窓の所に平坂のネクタイが――入院の時うちから締めて行った紺とクリーム色の縞のネクタイが、ぶらさがっていたんですの」

「窓の所って言いますと？」

「カーテンを通してある針金にですわ。ネクタイは、ちゃんとスーツケースにしまってあったはずですし、平坂は、着る物の始末にやかましい人でしたから、光にさらされる窓ぎわなどに、わざわざ用もないネクタイを下げるというのは、どうもふに落ちません」

「警察にはお話しになりました？　そのこと」

「いいえ。あとになって思い出したのです。わたし、はじめは工藤さんがしたのかと思ったんですけど、それもおかしなことですし」

「工藤さんて、六号室にいられた？　どうしてそうお考えになりますの？」

「わたしが五日の――日曜の夕方二号室に戻って来た時、そこに工藤の奥さんがいたんですもの」

「二号室に？」

「ええ。『看護婦さんが洗濯物をまちがえて配ったので取りかえにはいった』と言って、あやまっていましたわ。二号室には、わたしも主人もいなかったのですから、断ろうにも、断りようがなかったかもしれませんけれど、無遠慮な人だと思いましたわ」

「工藤さんとは前からお知り合いなんですか？」

「わたし？　いいえ、今度の入院まで会ったこともない人です。あの人も、もう退院しましたの？」

「ええ。きのうね」

私はそれから、抜穴のことなど少し話し合ってから平坂家を辞した。今聞いた、いくつかの事実をどんなふうに組み合わせればよいのか、私には見当もつかなかった。

「老警部は、これっぱかしも変ってなかったぜ」

私の顔を見るなり、兄は元気よく言った。

「相変らずの、ごましお頭でね、威勢のいいことは昔のままだ。どうして悦ちゃんを連れて来なかったんだって憤慨してたよ」

「今度の事件について話したの？」

「ああ、そうしたらひどく乗気になってね。日曜以後の身許不明の変死体について、調べて知らせてくれると言っていた。——ところで悦子の方は、どうだった？」

私は、平坂夫人との会見の模様を、詳しく報告した。兄は興味深げに、熱心に聞いていたが、

「工藤夫人が二号室にいたと言うのは、平坂氏の失踪が明らかになるより前だろうか？　それともあと？」

「もちろんあとよ。平坂氏がいないと言うので病院中が騒ぎ出したのが五時少し過ぎで、清子夫人が電話で呼ばれてやって来たのは六時二十分ごろだわ」

「すると工藤夫人は、平坂氏の失踪を聞いてからあとで、二号室にはいったんだね。と、すると――」

言いかけて、兄は口をつぐんだ。道路の向うの角から、ふたりの少女が姿を現わしたのだ。ひとりは色白の、古風な顔立ちの少女で、今ひとりはユリさんだった。箱崎医院の方から出て来たふたりは、そこでしばらく立ち話をすると、「さよなら」というふうにうなずき合った。それからユリさんは、今出て来た道を戻って見えなくなり、もうひとりの少女は私たちの立っている方へ歩いて来た。

「学校友だちだろうね？　ユリさんの」

兄は私の耳に口を寄せてささやいた。

「ユリさんは、おばあちゃんの不幸があってから学校を休んでいるから、あの人、おくやみかたがた様子を見に来たんでしょう」

「親友らしいね、会ってみよう」

私たちは色白の少女の方に歩み寄った。

「桑田ユリさんのお友だちですか？」

兄が静かに声をかけた。少女は、切れ長の目を心持ち見はってうなずいた。兄は、自分は箱崎医院の同居人だが、あの恐ろしい事件を早く解決するために、できるかぎりの協力をしている者だと説明してから、尋ねた。

「実はユリさんは、四日の土曜日に、とても様子がおかしかったのです。何か心配ごとでもあるようで、僕等も心配していたのですが、学校ではそんなふうには見えませんでしたか？」

「いいえ。土曜日は、とても楽しそうでしたわ。ちょうど演劇部の——」

そこまで言って少女は、不意にことばを飲み込んだ。言ってはならないことを口をすべらした、といったふうだった。

「何でしょうか？　僕も妹も、言っていけないことなら人には言いません。ユリさんという人は、生い立ちのせいもあって、自分の心の中を他人に見せたがらないので、僕たち、力になってあげたくても取りつく島のない状態なのです。差支えなかったら話してくれませんか？　その方が結局ユリさんのためにもなると思うのですが——」

少女は、しばらくうつ向いて考えていたが、やがて、

「だれにもおっしゃらないのなら」

と前置きして話しだした。

「土曜日は、授業は午前中ですんで、午後からは、それぞれのクラブ活動の時間でした。わたしたちの演劇部でも部員が集まって、秋の演劇祭のことで打ち合せをしあっ

たのです。わたしたち、今年は少し本格的なものをやりたいと思って、ハウプトマンの『寂しき人々』を計画しているんです。衣しょうや舞台装置も、できるだけ立派なものにしたいと言って資金の準備もしてるんですの。土曜日は演劇部長の杉山さんが、しんせきの御婚礼か何かで来なかったんですけど、桑田さんとわたしと、ふたりの三年生が中心になって、いろんな相談なんかして、それは楽しかったんです」

「ユリさんも演劇部員なんですか?」

「ええ、一年の時からずっと。でも今では、このことは、おうちのかたにはないしょなんです。桑田さんは演劇が御飯よりも好きで、将来できれば、新劇にはいりたい希望なんですけど、伯父様や伯母様は、医科か薬科か、でなければ看護学院にはいるようにっておっしゃっているんです。それで受験のために、三年生になったら演劇部をやめるようにと前から言われていたのを、桑田さんは表向きだけ部員の籍を抜いて、実際の練習や何かは、これまでどおりやっていたんです」

「そんなことしたって、わかるだろうに」

「ところが今までのところは、ばれずにうまく行ってたんです。と言うのは、桑田さんは学校の方のことは、亡くなったおばあ様が、いっさい親代わりになってやっていらっしゃったので、ＰＴＡの会なんかにも、おばあ様が出ていらっしゃることになっていたのです。おばあ様は、桑田さんが演劇部を続けてやってることも御存知だったんですけど、伯父様たちには内しょにしておいてくださったんです。わたし、本当は、そんなのいけないと思うんです。伯父様や伯母様だって、桑田さんの将来を考えて、よかれと思っておっしゃることなんですから、何でもかんでも、かくしだてするようでは、よけい伯父様たちとの間に気持のミゾができてしまうと思うんです。だけど桑田さん自身、演劇部をやめたら生きている張合いがないって言うし、それに、部としても、あのかたに抜けられると、とても寂しくなっちゃうんです。皆さん、受験のために、三年になるとやめておしまいになるので、三年生は、わたしと杉山さんと桑田さんの三人しかいないんです」

「ユリさんは、伯父さん夫婦を、よっぽど嫌っているんでしょうか？」

「そうらしいですわ。わたしは桑田さんとは中学のころから仲よしで、気心も知っていますし、根はいい人だと思っていますけど、少し、思い過ごしじゃないかしらと思うことはあります。『伯父さんは他人だから、まあ仕方がないけれど、伯母さんは肉親のくせに冷た過ぎる。おばあ様と従兄の敬二さんをのぞいたら、家の中に自分のことを気にかけてくれる者なんかひとりもいない』なんて言うんです。わたし、敬二さんと言うかたは、それほど良いかたとも思えないけど、おばあ様は良いかたでしたわ。桑田さんを、それはそれは可愛がって――」

「月曜日には、ユリさんは、どんな様子でした？」

「月曜日って言いますと、おばあ様のなくなった日――いいえ、死体の発見されたと言う日ですね。あの朝は、たしか桑田さん、一時間ばかり遅刻なさったように思いますわ。そうでした。一時間目に、きょうは加減が悪いからお休みするって言う電話があって、用務員さんが伝えて来たんです。そしたら一時間目の終りに、桑田さんが現れたので、私たち、あらまあと思いました。桑田さんは、顔色は少し悪かったけれど、ふだんと変った様子は見えませんでした。一時間目のお休み時間は、杉山さんと何か話していたようです。二時間目が始まるとすぐ、桑田さんに電話があって、おばあ様が亡くなったから、すぐ帰るようにと言うことでした」

「それを聞いた時の態度は？」

「真青になって、一分間くらいぽかんとしてたけど、いそいでお道具をまとめて教室からとび出して行きました。わたしだって、あの場合なら、そういうふうにしたと思います」

「どうもありがとう。僕がいろいろ聞いたこと、ユリさんには黙っててくれませんか？　ああいう感じ易い人だから、不必要な邪推をするかもしれないから」

少女は、のみ込み顔で、頭を縦に振った。私たちは、彼女と別れて医院に向かって歩き出した。

医院の玄関をはいった時だった。私たちの姿を認めた兼彦氏が、診察室から出て来て、

「仁木君、つい五分ばかり前、君に電話がありましたよ」

と知らせてくれた。

「たしか峰岸とか言ったが――」

「峰岸！　用件も言いましたか？」

兄ののどぼとけが、一回、こくりと上下した。

「テープ・レコーダーが発見された、と伝えてくれと言うことでした。詳しいことは、これから直接行って話すから、と言っていました。君、テープ・レコーダーを紛失したのですか？」

「僕のではありません。平坂氏殺しに一役買ったレコーダーです」

「何？　ではあの男は殺されたのですか？　いつ発見されたのです？」

「そんな大きな声を出さないでください」

兄は手を振って制しながら、

「まだ証明されたわけではないのです。時に家永看護婦は、自動車の運転ができるでしょうか？」

兼彦氏は目をぱちぱちさせた。が兄の真剣さにつり込まれたらしく、自分も緊張した表情になって、

「そんな話は聞いたことありませんが、あれは自動車屋の娘だから、動かし方くらいは心得ているかもしれませんよ」

「彼女、うちが自動車屋なんですか？」

兄は、息を胸深く吸い込むような声でつぶやいた。

「父親が、自分の車を持って、運転手をしているのです。だが、それがどうかしたのですか？」

兄は自分の組み上げた推論を物語った。話がニセ電話のことに及んだ時、兼彦氏は、不意にさっと顔色を変えた。日頃の冷静さは消え失せ、にぎりしめた両の手までが、小刻みにふるえていた。彼は、気を落ちつけようとするかのように、あごを胸元に引きつけて、しばらく床のリノリュームを見つめていたが、かすれ勝ちの声で言い始めた。

「君の言うとおりかもしれない。しかしね、仁木君。テープ・レコーダーと言う物

は、今日では珍しい品でも何でもない。テープ・レコーダーを持って歩いたからと言って、何もその男が犯人だという証拠には――」

「先生。僕はまだ、だれが犯人だとも言ってやしませんよ。テープ・レコーダーを持った男が、どこにいたと言うのです？」

兼彦氏は驚いたように顔を上げ、探るような目で、真直ぐに兄の顔を見た。それは、ある秘密を持った人が、果して相手がその秘密をどの程度まで知っているだろうかと探りを入れる時の目だった。兼彦氏はそれから、軽く苦笑して言った。

「ところで、平坂が殺されたとすると、動機はいったい何なのです？　やはり商取引ですか？」

「それはまだ全然想像がつかないのです。先生には何か思惑がおありのように見えますが、犯人か動機か、どちらかに思いあたる点があるのですか？　たとえば平坂氏の以前の行為に関連してでも」

兼彦氏は、とんでもないと言うようにかむりを振った。そして、どこか哀願するような響きを持った声で、

「わたしが、あの人について知っていることと言えば、わたしの患者だったと言う事実以外にありませんよ。もう一歩つっ込んで言えば、彼はいわば、わたしにとって、

重要なおとくいだったと言うことです。わたしにとって大切なおとくいは、わたしの家族にとっても、やはり同様なのですからね」

兄の目が一瞬光った。がすぐ、やさしい表情になって、ほほえんだ。

「先生、僕はやっぱり家永さんにぶつかって、聞くだけのことを聞いてみます。先生がどなたのことを心配していられるのかわかりませんが、その人が犯人と決まったわけではないのでしょう？　真実をできる限り掘り出して見ることですよ。取越し苦労は、それからでも間に合います」

兼彦氏の緊張し切った表情に、安堵に似た色が現われた。彼は、兄の目をまじまじとのぞき込んで、何か言いたいことがあるかのように、くちびるを動かしたが、声にはならなかった。兄は、そういった兼彦氏にはかまわず、待合室を横切ってこちらへ歩いて来た野田看護婦に向かって声をかけた。

「野田さん。家永さんは、どこにいる？」

「出かけましたわ。二十分ばかり前に」

と言うのが、兄の得た返事だった。

「出かけた？　夕方なのに？」

兼彦氏が、けげんな顔で口をはさんだ。

「ええ、すぐ帰るから、先生がお呼びになったら、そう言っておいてくれって——。御自慢のグリーンのバッグを持って、何だかいそいそしていたようでしたわ」

野田さんの、ひやかし気味のことばが、終るか終らない時だった。どこからか、かん高い女の悲鳴がただ一声、重く湿った空気をふるわせて聞えて来た。私たちは、ぎくりと顔を見合わせた。恐ろしい静寂——。だれのほおからも血の気が引いて行くのがわかる数秒間だった。

「家永さんじゃありません？」

薬局の入口に姿を現わした人見看護婦が、あごをがくがくさせて言った。その一言が、私たちをわれに返らせた。野田看護婦が、幽霊のように青ざめて、へたへたと床に坐り込んだ。

「防空壕だ、悦子」

真先にとび出したのは兄だった。私もすぐあとに続いた。玄関にあり合せのはき物をつっかけて、私たちは外にかけ出した。

薬局の角を曲ると同時に、もっくりと盛り上った防空壕が目にとび込んだ。黒くあいた壕の口から、上半身をつき出して、うつぶせになった女の姿が、夕やみの中に、きわだって白く見えた。

「家永さん。どうしました？」

かけ寄った兄が、女の肩に手をかけた。家永看護婦は、全身を烈しくケイレンさせて、ことばとも、うめきともつかない声を立てた。右の肩に傷がついて、血が流れ出していた。

「家永ですか？　やはり」

一足おくれてかけつけた兼彦氏が、ぼうぜんとして言った。

「けがをしています。ともかく、うちへ運ばなければ」

「仁木君、頭の方を支えてください。ふたりで運べるだろう」

兼彦氏は看護婦の足の方――と言っても、足はまだ壕の中にあって見えなかったが――へ回りながら、ためらうように語をついだ。

「君、怖いですか？　わたしが頭の方に回りましょうか？」

「大丈夫です。上を向かせましょう」

兼彦氏と兄は手を貸し合って看護婦の体を壕の口から引きずり出し、仰向けに抱き直した。そばに立って見ていた私の体を、身ぶるいが走った。恐ろしかったのだ。ヒフの色は赤紫色に変り、顔中が苦痛にゆがんでいた。くちびるだけが、死にかけた魚のように、ひくひく動いた。兼彦氏は、一目見るなり絶望的に頭を振った。

「しかし、傷は肩のやつだけですよ」

兄が不審げに叫んだ。彼女の体には、どこにも、ひどいケガなどは見当らなかった。右肩の傷にしたところで、二センチもあるかと思われる小さなもので、出血も多くはなかった。

「傷のためではない」

と兼彦氏がうなった。

「毒蛇に噛まれた時の症状に似ているようだが――」

その時、兄の腕の中で看護婦が身動きした。目を開き、一息二息あえいで何か言った。

「え？　何？」

兄が追いすがるように大声で聞いた。紫色のくちびるが動いた。

「ネコ……ネコが……」

「ネコ？　ネコがどうしたんです？」

彼女は、ゆっくりと右手を上げて壕の入口を指さすようにした。次の瞬間、その手が、ぱたりと下へ落ちた。ケイレンが体を伝わって走った。それが最後だった。私たちがかけ寄った時から、二分とはたっていなかった。

「ひどいことをする」

兼彦氏がつぶやいた。

「犯人は、わたし等の話を聞いていたのですね。それで家永を――」

私たちは皆打ちのめされた心持だった。真犯人は、どこで私たちの話を盗み聞いたのだろうか？　家永看護婦の口を永久にふさいでしまった悪魔は、どこかへ逃げ去ったのだろうか？　それとも、まだこの家のどこかに、いるのであろうか？　うしろに足音を聞いて、私はぎょっと振り向いた。だが、それは敏枝夫人と英一さんのふたりだった。はなれの方までは悲鳴が聞えたはずはないから、人見看護婦でも知らせたものに違いない。

「どうしたんです？　お？　死んでるじゃないですか？」

英一さんは近寄りながら、冷静な目で死体を眺めた。敏枝夫人は、そばに寄る気になれないらしく、家の壁に片手をついて顔をそむけていた。

死体の世話は家の人たちに任せて、兄は壕の入口に近寄ると、身をかがめて中をのぞきこんだ。壕の中には生物の気配は、全然感じられなかった。兄はポケットから懐中電灯を取り出して、注意深く、おり口の石段を照らした。石の表面に血がしたたって、壕の中の方に続いていた。

私たちは、血痕をふまないように注意しながら壕の中に下りた。石段の横に光をさえぎるための板の仕切りがあって、そのも一つ脇に、ローソクを立てるくぼみがあることは前に述べた。そのくぼみのすぐ前の床に、一本のナイフが落ちているのが目にはいった。刃の幅は二センチ足らず、万年筆よりやや長い目のきれいなナイフで、骨製らしい白い柄がついている。細長いので一見きゃしゃな感じだが、刃がしなうほどぺらぺらとは思えない。鋭くとがった先端に血がついているところから見て、家永さんが肩を刺された凶器であることは、まず間違いがなかった。床の上の血痕もちょうどそのあたりから始まって、石段の方へ続いているのだった。

兄はナイフに手を触れずに、かがみ込んでしさいに観察してから、さらに床の上を懐中電灯で照らして回った。ナイフの落ちている所から四十センチばかり離れて、グリーンのビニールのハンドバッグが、床の上にぱっくり口をあけていた。ハンカチやコンパクトがとびだして、そのあたりに散乱していた。

「おや？　これは何だ？」

黄色い皮の財布と、コンパクトの間から、兄が見つけたのは、いかにも奇妙な物だった。太いがんじょうそうな一本の針金なのだが、一方の端は、かぎ形に曲り、もう一方の端は、まるく、しゃもじのような形によじってあるのだ。全部のばしたら三十五センチくらいの長さはあるだろうか。

「悦子、昼間悦子がこの壕にはいった時、こんな物があったかい？」

兄の問いに、私は自信を持って答えた。

「なかったわ。もちろんナイフも、ハンドバッグも」

「あのナイフにさわっちゃだめだぜ、悦子」

と兄が注意した。

「わかってるわ。指紋検出の妨げになるからね」

「それもあるが、おそらくあいつの刃には猛毒が塗ってあるんだ。指に傷でもあったら、家永さんの二の舞だぜ」

そうだった――、今さらのように、こわごわ私は、床の上のナイフを眺めた。その時、兄が不意に、うなるように言った。

「ネコの毛だ。ほんとにネコがいたんだな、ここに」

兄は、壁のくぼみに電灯をつきつけて、熱心にのぞき込んでいるのだった。

「ネコって、チミ？」

「多分そうだろう、黒い毛が落ちている」

表の方で、サイレンの音が聞えた。パトロール・カーが到着したらしい。私たちは、またそろそろと石段の端の方をふんで外に出た。

玄関の前で、ふたりの警官が、家の者から事情を聞いているところだった。兄と私が近寄って行くと、英一さんが振り返って尋ねた。

「何かありましたか？　壕の中に」

「血のついたナイフが落ちています。そのほか家永さんのらしいバッグや何か――」

「君は、それらの物をいじくらなかったろうな？」

警官のひとりが噛みつくようにどなった。

「いじりません」

「さわらない方がいいですよ。きっとその刃に、コブラの毒が塗ってあるんだ」

と、兼彦氏が言った。

「では死因は、それなのですか？」

「はっきりとは言い切れませんが、そういった物だと思うのです。あの右肩の傷は、うしろから刺されたものですが、体にはあれ以外、一つも傷はありません」

「かわいそうに家永さん。――だから、すぐ勝福寺まで先回りすればよかったんですわ。そうすれば犯人が逃げ出すところを捕えることができたのに」

人見さんがヒステリックに叫んだ。兄は、びっくりしたように彼女を見て、

「犯人が、どこから逃げたと言うんです？　人見さん」

「もちろん抜穴からですわ。決まってるじゃありませんか」

「そんなはずはありません。犯人は、抜穴からは出なかったのです」

　と、兄はきっぱり言った。

「どうして、そう言い切れるんです？」

　と、英一さんが口を入れた。彼はつづけて、

「僕はユリから聞いたのですが、裏木戸から出た者はだれもいないそうですよ。表から出たとしたら、君たちか看護婦たちか、だれかにすがたを見られたでしょう。玄関の戸は、あけっぱなしなんだから——。抜穴から逃げたのでないとすると、君は犯人が今もこの医院のへいの中にいるというのですか？」

「犯人がどこにいるかは知らないけど、抜穴から出なかったことだけはたしかです。皆さんは、あの抜穴のふたが、あけられないように釘でとめてあるのを御存知ないんですか？」

　兄は当惑したように周囲の人々を見まわした。この一言が、一同の間に引き起した反応を、私は決して忘れることはできない。人見さんは、えたいの知れない幽霊でも見たかのようにふるえ出すし、兼彦氏と英一さんは、信じられないふうでマユを上げ

るし、敏枝夫人は、きょときょとと、ひとりひとりの顔を見回して、なにごとが起ったのかを読み取ろうとでもするように見えた。兄は兄で、あっけにとられて、

「あのふたを閉じたのは、ではおうちのかたではないのですか?」

「いったい、どういうふうに釘づけになってるんです?」

　兼彦氏が薄気味悪そうに尋ねた。

「釘づけと言っても、ふたの表面はセメントだから釘は打てないんですが、床とふたとのすき間に五寸釘を二本はさみ込んで、ふたが持ち上げられないようにしてあるのです。釘は抜こうと思えばすぐ抜けますが、抜穴にはいって、ふたを閉めて、内側から釘をもとどおりさすということは、共犯者がいないかぎり不可能です」

「おい、そんな話は、あと回しだ。現場はどこなんだ?」

と、そばの警官がいらいらして言った。兼彦氏が、壕の案内に立った。英一さんも、そのあとに従った。

「僕等は、うちにはいっていないといけないんでしょうね。死体は、どこに置いてあるんです?」

　兄の問いに、人見さんが、

「手術室」

と、ささやくように答えた。その時だった。

「おい、雄太郎君」

元気のいい声と共に、ゲタの音が近づいた。私たちは、一せいに顔を振り向けた。懐しい峰岸老警部が、私が子供だったころと少しも変らない、不恰好なでっかいあごをして、門をはいって来るところだった。

「よう、悦ちゃんじゃないか。いい娘になったな」

老警部は、私の方に向いて二、三度まぶたをぱちぱちさせると、今度は兄の方に向き直って、

「あすこに、あんな車が止まっているのは何だね？　例の件について、新事実でもあがったのかね？」

「殺人です、三回目の」

兄は今の出来事をかんたんに説明し、それから敏枝夫人と老警部を引き合わせた。

「それはとんだことで。奥さんもたいへんですな」

老警部は、夫人にいたわりのことばをかけた。

その時、もう一台の車が門前に止まった。数名の刑事の先頭に立って下りて来たのは、この前、桑田老夫人の死体が発見された時、私たちを尋問した色の浅黒い太った

人だった。あの時は何も知らなかったものだから、交番のお巡りさんに毛が生えたぐらいにしか思わなかった私だったが、あれからあと、彼が実は警視庁捜査一課の砧《きぬた》警部補と言って、上野の一家五人殺しを解決した功績によって、近々警部に昇進するはずの人だと聞いて、内心尊敬の念を新たにしたところだった。だからきょうは、おじぎも、それに比例した鄭重さが採用されたのは言うまでもない。

峰岸老警部は新たに到着した刑事たちを見ると、のこのこ近寄って、自分から自己紹介をした。昔から、なりふりかまわない人だったこの老人は、洗いざらしの青いワイシャツに半分のびかかった五分がりのごましお頭で、どこの百姓親父かと思うような風体だったが、その名を聞いた砧警部補の目に、一種の敬意が現われたところを見ると、若い時は相当鳴らしたものと思われた。

「御苦労ですな。どうです。邪魔でなかったらわしも捜査の仲間入りさせてもらうわけにはいかんですか？　年寄りの冷水かも知れんが」

老警部の申出は、すぐ快く受け入れられた。老人はつづけて、

「それから、ここにいる仁木雄太郎君と妹さんも、捜査に協力してくれると言うんだが、尋問に立ち合わせてやってもらいたいですな。あとでくわしく話すが、仁木君はなかなか大した名探偵ですよ。必ず役に立つことは、わしが保証します」

砧警部補は渋い顔をした。彼は、どこの馬の骨かと言いたげな目で、兄と私をじろじろと眺めたが、老警部の熱心な口添えで、ようやく承知してくれた。

「尋問は、どこでやるのかね？」

老人は、ひどく乗気な口ぶりで尋ねた。

「応接室があるはずですから、使わせてもらいましょう。この前の時は、看護婦や患者は一まとめに事情を聴取したのですが、今夜はひとりひとり別個にやらなければならんでしょう」

「それでは、君が一応現場を見て来る間、わしは応接室で仁木君たちと話していよう。報告せねばならん件があるのでね」

老人は、まるで自分の家にでもはいるような足どりで玄関にゲタを脱ぎ、「応接室」と札の出ているドアを押した。

「レコーダー、どこにありました？」

兄は、とういすに腰をおろすやいなや、小声で尋ねた。

「まあそうせくなよ。落ちついとるようで、せかせかするのは、君もやはり親父似だな」

老人は、前世紀からの手あかのついているらしい黒光りのパイプを取り出して、き

ざみをしこたま詰めながら、

「時に君は、かずさ屋という店を知っとるかね？」

「この前の通りを左へ行ったフロ屋の二軒先にある質屋です」

「では恒春堂は？」

「恒春堂？」

兄は真剣な面持で考え込んだ。私も、どこかで見かけたような名だと思ったが、それ以上は思いつけなかった。不意に兄が、はたと手を打って叫んだ。

「思い出した！　その恒春堂と、かずさ屋が、テープ・レコーダーの一件に、それぞれある役割を果しているんですね」

「そのとおりだ。これ以上の説明は不要らしいな。ひとつ、わしは黙っていて、君の推理を聞かしてもらうとするか」

兄は考えをまとめようとするらしく、しばらく黙って目を閉じていたが、やがてゆっくりと語り出した。

「問題のテープ・レコーダーが、いつどこで購入されたものか、またいつ、例の録音が行われたかは、今のところ僕にはわからないのです。録音の場所はおそらく防空壕だと思います。なぜなら、あそこは、中で少々叫んだくらいでは、家の中にいる者には聞えないからです。きょう僕は、あの壕の中で、悦子に『人殺し』とどなられたのですが、だれもそのことを問題にした者がなかったところをみると、悦子の悲鳴は、うちの中までは聞えなかったらしいんです」

「悦ちゃんが、君を人殺しと言ったって？　何のことだね、それは？」

「つまらないことですよ。ちょっとふざけたんです。だが、あの壕の中でわめいても、家の中までは声がとどかないと言うことは、それでわかりました。さっきの家永看護婦の場合だって、彼女は壕の入口へはい出すまでに、幾度か悲鳴を上げたにちがいないと、僕は思うんです。僕らには、一度きりしか聞えませんでしたがね。――ところで、録音のことですが、録音にはおそらく、彼女以外のだれかもそばにいて、機械の操作などに手を貸したにちがいありません。そのだれかが、平坂氏殺しの真犯人で、家永看護婦は共犯に過ぎなかったのです」

「家永看護婦の肩にナイフを刺したのは、つまりそいつだと言うんだね。で、その先は？」

「録音したテープは、電話口に持って行って動作させるばかりの状態に整えられ、録音器の中に納めて、抜穴にかくしておかれたものと思います。日曜日の午後二時、犯人は、平坂氏が防空壕にやって来るのを待ち伏せして彼を殺しました。そして……」

「待った。犯人は、平坂氏が防空壕に来ることをどうして知っていたんだね？」

「桑田老夫人の手紙があったからです。あの手紙は、日曜日の午前の便でとどいたのですが、それを二号室の平坂氏の所へ持って行ったのは、家永看護婦なのです。彼女は、こっそり手紙を開封したものにちがいありません。そして、その日の午後二時に平坂氏と老夫人が壕で落ちあう約束をしているのを知って、自分の共犯者に――男か女か知りませんが、前もって平坂氏殺しを共謀していた相手にそれを知らせ、手紙は元どおり封をして、そ知らぬ顔で平坂氏にとどけたのです」

「すると君は、桑田と言うばあさんを殺したのも同一犯人だと言うのかね？」

「おそらくはそうだと思います。老夫人と、平坂氏との打ち合わせの内容がわからないので、はっきりしたことは言えませんが――。しかし、今は話を、平坂氏殺しの方だけにとどめましょう。彼――だか彼女だか知らないが――犯人は平坂氏を殺して死体を抜穴の中にかくしました。夜になって、家永看護婦は、フロへ行くと言って医院を出ました。その時彼女は、そっと壕へ行ってレコーダーを持ち出したのです。女というものは、フロ屋へ行く時、湯上りタオルやら、あかすりのヘチマやら、湯から出て着るユカタまで、まるでコジキの引っ越しのようにわんさと持って行くものです。彼女は多分レコーダーを、男のズボンで包み、その上をふろしきで包んでさげて行ったのでしょう。彼女は、しかし、フロ屋へはいるより前に、することが沢山ありました。まずフロ屋の手前の公衆電話で、箱崎医院を呼び出し、平坂氏の声の第一回の電話をかけました。悦子が受けたやつです。それからフロ屋の二軒先の質屋、かずさ屋へはいって、レコーダーを質に入れました。次にフロ屋へ戻って大急ぎで入浴をすまし、駅前のドライヴ・クラブへ駆けつけました。そして駅の便所かどこかで、スカートをズボンにはきかえ、ミルキー・ハットをかぶって、ドライヴ・クラブへ現われ自動車を借りたのです。彼女はふだんから、男のような型の開襟シャツを着ていますから、上着の方は着かえる必要はなかったと思います。そして自動車を、どこかにかくし、車の中でもう一度服を着かえて、医院へ戻って来たのです」

「自動車をかくした場所は、心当りあるかね？」

「ありません。自動車も、レコーダーも、彼女をうまく引っかけて聞き出すつもりで、帰って来たらこんなことになってしまったのです。レコーダーの方は、おかげでわかりましたが」

「では、レコーダーの方をまず片づけちまおう。先を話したまえ」

「翌日――というと六日の月曜ですが、彼女は、桑田老夫人の行く先を問い合わせる目的で外出しました。そして言いつけられた用件は果したようです。彼女は、かずさ屋に寄って、昨夜入れたレコーダーを受け出し、バッグにでも入れて行ったテープを用いて、二回目の電話をかけました。彼女の心算──と言うのは、つまり犯人の心算ですが、彼等の心算では、老夫人の死体が、そんなに早く発見されるとは思っていなかったのです。で、何気なくテープをかけたところ、こっちの様子がどうもおかしい、野田看護婦が、平坂の名を聞いただけで悲鳴を上げている。そこで、死体が発見されたらしいと気づいて、電話を切ってしまった。あのような場合、平坂氏がいかに傲慢であるにせよ、受け答えのできないテープを、そのままかけつづけているわけには行きませんからね。彼女は電話ボックスを飛び出すと、レコーダーを持って恒春堂へ行き、いい加減の値でそれを売りはらったのです。テープは、音を消すか、または全然はずしてしまったものでしょう。恒春堂というのは、ここから駅まで行く途中の右側にある、さびれた小さな古道具屋です」

「見事だ。わしが手に入れた情報は、今の君の話にぴったりするよ。わしの知っているある男に、青少年保護連盟の委員をしているやつがいる。昔は窃盗の常習犯で、警察をさんざ手古ずらしたものだが、今は真面目になって、商売のかたわら、不良少年の指導や更生に熱を入れている。そんな男だから、質屋や古道具屋を回って、盗品をかぎ出すのがうまいんだ。わしは、君が帰るとすぐ、その男に電話をかけて、箱崎医院の付近の質屋や古道具屋を当らせたんだよ。君のことだから、根気よくやらして置けば、そのうち自分で見つけ出すとは思ったが、この暑さに、あてもなしにてくるのは、楽じゃないからな――。レコーダーは、君の想像通り恒春堂にある。よそに売らないよう話してあるそうだから、砧警部補に教えてやれば適当にするよ。恒春堂の話では、六日の午前十時ごろ、灰色の服を着た、やせ型の眼鏡の女が置いて行った物だそうだ。かずさ屋は、日曜日の夜、八時十五分ごろ、男のような開襟シャツに、青いスカートの女が、レコーダーを預け、月曜日の午前九時半ごろに受け出して行ったと申し立てている。どちらも死体確認させなければならんな」

「死体と言えば、変死体の方はどうでした？」

兄は、ひどく真剣な口調で尋ねた。

「変死体か。うむ調べてみたよ。もともと君が、わしの所へやって来たのは、その件だったんだからな――。調べたは調べたが、この方は、どうも君の推理がはずれたらしい。平坂氏の死体は――殺されたものとしての話だが――まだ、どこかにかくされたままになっているのにちがいない。日曜以来、身許不明の変死体は三つもあるんだが、一つは女で問題外、あとの二つは中年の男で、その点はいいが、君の話した平坂氏の特徴とは合わないんだ。君がそうしたいと言うならば、死体を調べられるよう口をきいてやってもいいがね」

その時、どやどやと足音が近づいた。応接室のドアがあいて、砧警部補が顔を出した。

「どうでしたな？」

と老人が尋ねた。

「現場の調査を終って、今家の内外の捜索を命じたところです。犯人は、外部の者かどうか今のところはわからないが、屋敷内のどこかにかくれているなら、すぐ逮捕されるはずです」

「だが、外部の者だったら、犯行後直ちに逃げてしまっているんじゃないかな。雄太郎君たちが、表から死体の所へ駆けつけた間に、裏から逃げる時間は、十分あったのだろう？　その時はまだ、家の回りを警官が固めてなどいなかったんだからな」

「しかし家の者の話では、悲鳴が聞えてから後に、この家の構内から外に出た者は、ひとりもない模様なのですよ。くわしい尋問は、これからここでやるつもりだが」

「尋問の前に、ちょっと耳に入れておきたいことがあるんだ。非常に重大な事実なのでな」

老警部は、テープ・レコーダーの件を、かいつまんで物語った。砧警部補の顔が、みるみる引きしまった。彼は、すぐ部下を呼んで、恒春堂へ行って、レコーダーを取って来るよう命じ、さらに、古道具屋と質屋と、ドライヴ・クラブの従業員を連れて来るよう言いつけた。

「それでいい、それでいい」

と、老警部はひとりで満足げにうなずいて、

「さあ雄ちゃん。わしらは、そっちのすみっこに退散しようぜ。事情聴取の邪魔になってはいかん」

私たちは、窓ぎわの長いすの方へ行きかけた。

「いいですよ。家の者からやるのが順序だが、まず、あんたたちから話してもらいましょう」

警部補が、兄と私にあごをしゃくった。

「最初、君から。名前は？」

兄は名を名乗り、質問に答えて、私たちが悲鳴を聞いた時の模様を物語った。

「で、君は、悲鳴を聞いた直前か、その後かに、だれか門を出て行くのを見たかね？」

「見ません」

「玄関の戸は、あいていたんだね」

「そうです。出て行く者があったら、当然目にはいったはずです。僕たちが防空壕へかけつけた時も、人の姿は、家永看護婦以外には、ありませんでした」

「君が壕へはいって見た時には、抜穴のふたは、二本の釘でおさえてあったのだね」

「そうです」

「だれがそれをやったか知っているかね?」

「知りません。きょうの午前には、ふたには異状がなかったから、それからあと、うちの人のだれかが、あかなくしたのだと僕は思ったのですが――」

私は、もう我慢ができなかった。いすから立ち上ると同時に、私の口から、ひとりでにことばがとび出した。

「わたしなんです、抜穴のふたを釘でとめたのは――」

警部補も、老人も、兄も、あっけにとられた目を、一せいに私の方に向けた。

「わたし、きょうのお昼前にやったんです。あんな抜穴なんか、あけておくと、ろくなことにならないと思ったものですから」

私は、兄に驚かされたいまいましさから、抜穴のふたのすきまに、二本の五寸釘をさしたてんまつを話した。

「すると、だれもそれを知らなかったのだな。犯人は、加害者が抜穴から逃げたと思ってもらえるものと期待して、安心していたのかも知れんな」

と老人が、ひとりごとのようにつぶやいた。

私には、抜穴のふた以外に申し立てるほどのことはなかったので、私への尋問は、かんたんにすんだ。私の次に呼び入れられたのは、兼彦氏だったが、悲鳴を聞いた時の状況や、家永看護婦の死の模様、平坂氏の性格や、手術とその後の経過、失踪当時の状況等、すべて私たちのすでに知っている事実だけだった。兼彦氏もまた、表門からは絶対にだれも出なかったと証言した。

「時に死因ですがね。毒蛇の毒だと言うことだったが――」

「そうではないかと思います。断言は、できませんが」

「何か、そういったたぐいの物が、この家にあったのですか？」

「いや、そんなことはありません。症状からそのように考えたのです」

「被害者は、毒を塗ったナイフで肩を刺されてから後、抜穴のふたに釘をさすことが、できたと思いますか？」

「犯人が抜穴から逃げたあと、家永が、もとどおりふたをして釘をさしたと言われるのですか？　それは不可能です。家永は、壕の入口までよろめき出て、叫び声を上げるのが、せい一ぱいだったと、わたしは思いますが、あちらにいられる警察医のかたも——」

「警察医の意見は、こちらで聞きます。ところであなたは、この家の中のだれかが、テープ・レコーダーを持っていたのを見たことがありますか？」

「全然ありません」

兼彦氏は、はっきり否定したが、その声音には、かすかな不安がふくまれているように、私には思われた。

「被害者は、死の前に何か言いましたか？」

「ネコが、ネコが、と言って、壕の入口を指さしました」

「聞きちがいではないのですか？」

「絶対にそんなことはありません。しかし、何のためにネコなどと言ったのかは見当がつきません」

「ここの家には、ネコがいるのですか？」

「黒いネコが一匹います」

「殺人があった時、そのネコは、どこにいました？」

「わかりません。平常から、はなれの——家族の住居の方にいて、病院へは、あまり出て来ないのです」

警部補は、うしろを向いて、かくしてあった金属製の盆を出して、テーブルの上に置いた。盆の上には、私たちが壕の中で見たハンドバッグと、その内容物と、曲った針金と、凶器のナイフがのっていた。警部補は、それらを兼彦氏にさし示して、見おぼえがあるかと尋ねた。兼彦氏は、しばらくたんねんに、一つ一つの品に見入っていたが、

「このハンドバッグは見たことがあります。どの看護婦かはおぼえがありませんが、たしかに看護婦たちのひとりが持っていたのを見た記憶があります。しかし、ほかの物は、さっき警官のかたを壕へ案内した時見たのがはじめてです」

「結構です。では、奥さんをよこしてください」

敏枝夫人は、死人のような顔をしていた。老警部がやさしくすすめたいすに腰をおろしながらも、わなわなふるえてばかりいて、しばらくは口もきけない様子だったが、警部補の質問に答えて、ようやく話し出した。

「わたくしは、悲鳴は聞きませんでした。わたくし、茶の間で、おぜん立てをしていましたの」

「お宅では、夕食はまだだったのですか？」

「はい。看護婦と患者さんのは、すんでいましたが、うちの者は、これからでした」

「で、茶の間には、ほかにだれがいましたか?」

「英一が、ラジオを聞いておりました。長男でございます。それから茶の間のすぐ隣りのお勝手には、女中がおりました」

「どのようにして、事件を知ったのです?」

「人見さんに聞きました。あのう、宅の看護婦でございます。この人が茶の間に駆け込んでまいりまして、『今、防空壕の方で悲鳴が聞えた。家永さんらしい』と申しました。わたくしは、びっくりしてしまって、何を言われたのやら、すぐにはわかりませんでしたが、英一が立ち上って外へ駆け出したので、そのあとから出て行ってみました」

「それから?」

「壕へ行ってみますと、壕の入口の所で、主人と仁木さんが看護婦の家永を抱き起すようにしていて、悦子さんが、そばに立って見ていました」

「被害者は、その時どんな様子をしていました?」

「覚えておりません。わたくし、よく見なかったのです。恐ろしくて――。でも、もう死んでいたのだと思います」

「どうして？」

「英一がそう申しましたもの。『死んでるじゃないか』と言ったと思います」

「奥さんが茶の間にいられた時、ネコは、どこにいました？」

「ネコ？　うちのネコでございますか？　さあ、存じませんが、幸子と遊んでいたのでは、ありませんかしら？」

「奥さんは、これらの品に見おぼえありますか？」

「このハンドバッグは家永のです。ほかの物はよくわかりません」

「一昨日、家永看護婦は、亡くなった御母堂の消息を問い合わせるために外出したと言う話ですが、それはだれの命令でした？」

「あの人が、自分からわたくしの所に来て、行ってまいりましょうか、と言ってくれたのです。わたくし、喜んでたのみました」

「そうですか。御苦労様でした。では、御長男に、来るように言ってください」

待つほどもなく、英一さんが室にはいって来た。彼は、ふだんとみじんも変らぬ冷静な表情をしていた。たしかに、この家の中で今、最も落ちついている人物に違いなかった。私の兄の雄太郎でさえ、彼とくらべると、興奮の色が見られるのだった。

彼は、見せられた品物については、一つも見覚えがないと言い、それから質問に答

えて、

「僕は、母と一しょに茶の間にいました。ラジオを聞いていたのです。ネコ？　ネコは茶の間には、いませんでしたよ。たしかに」

「では、あなたは悲鳴は聞かなかったのですか？」

「全然聞えませんでした。人見看護婦が真青な顔で駆け込んで来て、家永らしい悲鳴が聞えたと言うので、すぐ表から回って壕へ行ったのです。母は、怖いもの見たさのような顔でくっついて来ました」

「君は、家永看護婦がテープ・レコーダーを扱ったのを見たことがありますか？」

「ありません。僕は彼女とは、平常からほとんど交渉がなかったのです」

「この家の中にテープ・レコーダーがあったことはありますか？」

「知りませんね。そんなことは」

冷やかな返事だった。砧警部補は、手帖に二、三の覚え書きを書き込みながら言った。

「御苦労でした。次に看護婦をよこしてください」

やがて、ノックの音と共にはいって来たのは人見看護婦だった。警部補は、彼女の姓名、本籍等を聞いてから、

「あんたは、例の悲鳴を聞いたんだね。その時、どこにいました？」

「薬局です」

人見さんは、青ざめてはいるが、比較的しっかりした態度で答えた。

「薬の調合でもしていたのかね？」

「いいえ、仕事はもう、すっかりすんでいました。わたくしは、夕食をすましてから、たなの整理をしておこうと思ってまた薬局にはいったのです。薬や器具を並べなおしていた時、不意に外で家永さんの悲鳴が聞えました」

「家永の声だと言うことは、即座にわかったのかね？」

「わかりました」

「どんな声だった？」

「ことばは、はっきりしませんでしたが、助けて、とか、だれか来て、とか、そんな風な助けを呼ぶ声に聞えました」

「時刻は、わかっているかね？」

「六時二十三分でした」

「くわしいな。どうして、そんなに正確に記憶しとるですか？」

「悲鳴が聞えた時、わたくし、無意識に薬局の置時計を見たのです。何時だかは、おぼえていませんが、長い針と短い針が重なり合って見えたのをおぼえています。針が重なっていたのなら、六時三十三分くらいだったわけですが、あの時計は十分進んでいますから、六時二十三分ごろだったと思います」

「なるほど。被害者は外出したと言うことだが――」

「ええ。悲鳴が聞える二十分か三十分前だったでしょうか。あの人は、よそ行きのブラウスに着かえて来て、ちょっと外へ行って来るから、と言いました」

「あんたにかね？」

「いいえ、野田さんにです。薬局の入口の前に立ってふたりで話しているのを、わたくし聞いたんです。野田さんが、『映画でも見に行くの？』って聞いたら、『何を見に行こうと、余計なお世話よ』と、つんとして言いかけましたが、思いなおしたように口調を変えて、『ちょっと買物があるの。すぐ帰るから、先生でもお呼びになったら適当に言っといてよ』と言って外へ出て行きました。だから、わたくし、悲鳴が聞えた時、どきっとして、とび上りそうになりながら、あらあの人、もう帰って来たのかしら？　と思ったんです」

「これに見おぼえがあるかね？」

砧警部補は、例の緑色のハンドバッグを指さして尋ねた。

「家永さんのですわ。二た月くらい前に買ったので、さっき出かける時、たしかに持っていました」

「ハンカチや何かは？」

「ここにあるハンカチですか？　やっぱり家永さんのです。コンパクトも、ルージュも。ナイフは見たことありませんけど。――この針金は何ですの？」

「こっちが聞いてるんだ。針金には見おぼえあるかね？」

「少しもありませんわ」

「あんたが悲鳴を聞いてからあとでしたことを話してほしいんだがね」

「悲鳴を聞いてからですか？　まず、野田さんを、長いすにかかえて行って寝かしました。あの人、真青になって、今にも倒れそうに見えたんです。それから、だれかに知らせなければと思って、はなれへとんで行きました。そして、お茶の間にいらした、奥さんと英一さんに、悲鳴のことを話しました」

「あんたは、そのふたりがそこにいることを、知っていたのかね？」

「いいえ。でも、ふすまから明りがもれて、ラジオが鳴っていましたから、だれかいるのがわかりました。英一さんは、テーブルのそばにすわり、奥さんは、おぜんぶきんでテーブルをふいていらっしゃいました」

「そしてふたりはどうした？」

「びっくりして、外へとび出していらっしゃいました。表の方へです」

「これは正直に答えてもらいたいのだが、家永と言う女は、ほうばいの間ではどうだった？　あんたは、あの女を好きだったかね？」

「あまり好きとは言えませんでした。口やかましくて、おまけに妙にお高くとまったようなところがあったのです。でも、わたくしたち三人のうちでは一番古参でしたし、頭も働く人でした」

「平坂の手術にも、あの女が立ち会ったと言うことだが――」

「家永さんと野田さんが手伝いました。野田さんは、まだ見習いで、血を見るとやたらに怖がるので、手術の時は、いつもそばにいさせて見学させるんです。まだ役には、ほとんど立たないんですけれど」

「あんたは悲鳴が聞えた時、薬局にいたそうだが、門からだれか出て行くのに気づかなかったかね？」

「だれも出てなんか行きませんでした。わたくしは南向きの窓のそばにいましたし、だれか通ったりすれば、すぐ気がつくたちですから」

「よろしい。では野田看護婦に、ここへ来るように言ってください」

「だめですわ、野田さんは」

人見さんは、かむりを振った。

「あの人、脳貧血を起しちゃって、看護婦室で横になっているんです」

「では、あとまわしだ。ほかにだれがいるんだ？　桑田ユリ――奥さんのめいだとか言ったな、この人を呼んでください」

ユリさんは、晴の舞台のプリマドンナかなんぞのように、気取ったつまさき歩きで、そろそろとはいって来た。彼女は、英一さんの次に落ちつきはらった態度で、自分は悲鳴は聞かなかった。裏の木戸の所で、従妹の幸子に、松葉のくさりを作ってやっていたから、と答えた。

「では、この事件を知ったのは、いつですか？」

「六時半ごろだったでしょうか。台所の窓から女中のカヨが首を出して、『ユリさん、家永さんが、どうかしたとか言ってますよ。まさか殺されたんじゃないでしょうねえ』と言いました。それから五分ばかりして、伯母が来て、人殺しがあったことを話したのです」

「それからあんたは、どうしました？」

「どうもしませんわ。そのまんま、木の下にしゃがんで、松葉をつないでいました。

家永さんなんて、あたしとは何の関係もない人ですもの」

「あんたが、裏にいた間に、裏木戸から出た者が、だれかありましたか?」

「だれも——。あたしは、おまわりさんが来て、うちの回りをうろうろし始めるまで、あそこにいたんですが、ネコの子一匹出て行きませんでしたわ」

「ネコと言えば、ここの家のネコは、その時どこにいました?」

「知りません。あたしがうちにはいった時は、台所で顔を洗っていました」

「お嬢さんが裏にいたあいだ、裏木戸からはだれも出なかったと言うことだが、それを証明する者が、ほかにもいますか?」

「います。木戸のそばで、炭屋の若主人が炭を切っていました」

「よろしい、炭屋をここへよこしてください」

やがて、二十五、六の、デニムのズボンに前だれを締めた男がはいって来た。私もすでに顔だけは見知っている、近所の炭屋だった。

「へえ、こちら様の御注文で、お勝手用の炭を一俵配達して来たのは、六時十分ごろでした。きょうは小僧がひとり休んで、手が足りなかったものですから、遅くなってしまいまして——。あっしは、それからずっと木戸の所で、炭を切っていました。御注文のあった時は、いつもそうしますんで——。そうしましたら、おうちの中が騒がしくなって、看護婦さんがどうかしたと言う話を聞きました。へえ、木戸からは絶対にだれも出ませんでしたよ。大きい嬢さんと、小っちゃい嬢さんもいなさいましたし、少したったら、お巡りさんが見えて裏を固めちまいましたしね。もう、帰らせていただいてよろしいでしょうか？」

警部補は刑事を呼んで、炭屋を裏から出してやるように命じた。ちょうどそこへ、もうひとりの若い刑事がはいって来て低い声で報告した。

「テープ・レコーダーを持って来ました。今、指紋を取っていますが、すぐここへ持って参ります。貸自動車屋と、質屋と恒春堂も来ていますが――」

「死体を見せて、録音機の女と同一人かどうかたしかめてくれ。応対は、ていねいにするんだぞ。おれもすぐ行くから」

応接室には、女中のカヨさんが呼ばれて来たところだった。カヨさんの証言からは大して得るところもなく、尋問も気乗り薄の感がした。

「あんたは、テープ・レコーダーという物を見たことあるかね？」

警部補は、つけたりのように尋ねた。

「何でございましょう？　それは」

カヨさんは、目をぱちくりさせて問い返した。

「声を録音する機械さ。ふつうこのくらいの四角な、かばんのような形になってい
て、下げる手がついている」

言っているところへ、さっきの若い刑事がレコーダーを下げてはいって来た。

「恒春堂も、かずさ屋も、たしかに、この女にまちがいないと言っています。ドライ
ヴ・クラブの小僧は、わからないと言っていますが――」

言いながら、レコーダーをテーブルの上に置いた。それは、レコーダーとしては、
やや小型の、三十センチに二十センチくらいの、エビ茶色のケースだった。

「これでございますか？　そのテープとか言いますのは――」

と、カヨさんはレコーダーを物珍しそうに眺めて言った。

「こういうのは、見たことないと思いますが――」

「もっとほかのは見たとでも言うのかね？」

警部補は、気のなさそうな声で言った。と、カヨさんは、こっくりうなずいて、

「はい、こういう色ではなくて、青い色をしておりました。大きさも、もう一回り大
きかったように思います」

「なんだって？」

警部補は、いすの上にとび上った。

「そんなやつを見たというのかね？　それは、どこにあったのだ？」

「英一様のお部屋に」

　カヨさんは、相手のけんまくに、おどおどしながら言った。

「英一様が、どこからか持っていらっしゃって、二、三日お部屋に置いてありました。わたしはお掃除の時、そっとはたきをかけて置きました。何かのかばんと思っておりましたのです」

「それは、いつからいつまであったのだね？」

「一日《ついたち》ごろに持っておいでになって、四日の夕方までありました。英一様が、またどこかへ持ってお行きになったのでございます」

「英一という人を、もう一度呼んでくれ」

　かわいそうにカヨさんは、自分のしゃべったことが、とんでもない結果を引き起したのを見て、地獄に落されることに決まった人のようなみじめな顔で引きさがった。

　英一さんは、今度も大理石像のような、平然たる表情で室にはいって来た。

「君は、青いケースのテープ・レコーダーを持っていたのかね？」

　砧警部補は、嚙みつきそうにどなった。

「持っていた、とは言えません。僕の物ではありませんから」

英一さんは、あっさり答えた。

「君の物であるかないかは知らんが、君の部屋に置いてあったことはあるのだろう?」

警部補は、いよいよいきり立った。

「置いてあったことはあります。僕の友人が都合で預ってくれと言うので、持って来て二、三日預ったのです」

「なぜそれを言わなかったのです?」

「犯罪に関係ないことがわかっている以上、言う必要ないと思ったからです」

「関係あるかないかは、こっちが判断するよ。君がレコーダーを、うちへ持って来ていたことを、うちの人は知らなかったのかね?」

「親父は知っていたかもしれません。僕が持って帰った時、見たから。だがほかの者は知らないでしょう。僕は、自分の部屋へみだりにはいられたり、所有物をいじり回されるのは好みませんからね」

「ともかく、その友人の住所氏名を、ここに書いてもらおう。事件に関係のあるなしは調べればわかることだから」

英一さんは、ぶすっと黙ったまま、言われるままに書いた。一画一画、きっかりと、きちょうめんな文字だった。

取調べは、さらに続行された。次に呼ばれて来たのは、恒春堂とかずさ屋の主人、および、大洋ドライヴ・クラブの、十八歳くらいの従業員だったが、結局さっき刑事が言った以上のことは得られなかった。入院患者とその付添も、それぞれ自室にいて、何も知らなかったと申し立てた。ただ桐野夫人が悲壮な決意をおもてに表わして、日曜の深夜の立ち聞きの件を話したが、兄と私には、こと新しいものではなかった。桐野夫人は、もっとほかにも家永看護婦のことばを聞いたと思うが、どうしても思い出せないと言って、砧警部補を残念がらせた。

問題のテープ・レコーダーからは、家永看護婦と古道具屋の指紋が検出されたが、それ以外の指紋は、薄れたり、重なり合ったりして、少し時間をかけて研究しないと、ものになるかどうかは、わからないとのことだった。二巻ある録音テープも、完全に音を消されていて、手がかりの役に立たず、家の中や周辺の捜査も、ネズミ一匹飛び出さなかった。

「どうも、こんな事件は虫が好かん」

と、砧警部補がぼやいた。

「だれもかれも一応のアリバイを持っているし、抜穴に釘を刺すような、いたずら者までおるんだからな。――被害者も、どうせ刺し殺されるなら、ネコなどと、つまらんうわごとを言わずに、犯人の名の一等最初の字くらい言えなかったものかなあ」

「ところで雄ちゃんは、どうするね？　やはり死体置場へ行ってみるかね？」

と、老警部が尋ねた。砧警部補は、太い指で頭をごりごりかきながら、

「死体か――。そうだ。あすは、平坂の細君とここの院長を連れて行って、死体の検証をさせてやろう。君等も、来たければ一しょに来たらいい」

「ムダだね」

と、老警部が気のない声で言った。

「わしはくわしく聞いて来たが、一つは酔っぱらい労働者の溺死体で、もう一つは、引き逃げさ。どっちにも、平坂氏ではないと言う、れっきとした証拠があるんだ。しかし、まあ行ってみるがいい。雄太郎君は親父の子だから、自分の目で見るまではなっとくせんのだろうからな」

七月九日　木曜日

昨夜、安眠できなかったにもかかわらず、私は朝早く目をさました。兄はすでにベッドに腰をおろして、物思いにふけっていた。

「少しは光が見えて？　にいさん」

それが、私の「お早う」だった。兄は、ゆううつな視線を私の方に向けて頭を振った。

「全然――。家永看護婦は、何のために壕へなんか行ったのだろう？　犯人は、どうやって彼女をうしろから刺すことができたのだろう？　彼女が死にぎわに言った『ネコ』と言うことばは、何を意味しているのだろう？」

「家永さんが、何のために防空壕へ行ったか、と言う点は、説明がつくと思うわ」

ブラウスのボタンをかけながら、私は言った。

「峰岸のおじさんから電話がかかって来て、兼彦氏が受け答えをしていた時、彼女はどこかで聞いていたのよ。にいさんあての電話で、テープ・レコーダーがどうのこうのと言っているのを耳にしただけで、彼女には、危険がせまっていることが、ぴんと来たのよ。それで一刻も早く共犯者に知らせなければならないと考え、相手を防空壕に呼び出して、善後策を講じようとした。ところが、話しているうちに、その共犯者は、今のところ疑いを受けているのは家永看護婦だけだということを察して、身を守るてっとりばやい方法として、彼女を刺し殺してしまったのよ」

「では悦子は、犯人を家の中の人間だと考えるのかい？」

「決まってるじゃないの。にいさんは、そう思わないの？　表門からも裏木戸からも、そして抜穴からも出なくて、外部に逃げ出せるわけがないじゃないの。表門からだれも出なかったことは、私たちが自分の目で見ていたんだし、裏の方は、ユリさんの証言は必ずしも信用できないとしても、何の関係もない炭屋がウソを言うとは思えないわ」

「しかし、うちの者は、皆一応アリバイを持っているんだ。ユリさんは、幸子ちゃんや炭屋といっしょにいたし、女中は台所にいた。壕から台所へ行くには、どの道を通っても人の目に触れないというわけには行かないんだ。敏枝夫人と英一君は茶の間で、いっしょにいたと言っている。僕と悦子と兼彦氏と野田看護婦は、待合室で話していたし、入院患者や付添人は全部二階にいて、階段を上り下りしたものはだれもいなかった。だって階段の下には、僕等四人がいたんだものね。ただひとりアリバイが成立しないのは人見看護婦だが、彼女が犯人だとすると、薬局のドアが、あけ放しになっていたのは、少しおかしいと思う」

「人見看護婦にアリバイがないって？　だってあの人は、薬局の中にいたんじゃないの。悲鳴が聞えた時、薬局の入口に顔を出して、『家永さんの声だ』とか何とか言ってた記憶があるわ」

「薬局には窓というものがあるぜ。窓から出て壕へ行き、家永看護婦を刺し殺して、すぐ戻って窓からはいるということは、不可能ではないと思う。家永看護婦が、刺されてから壕の入口によろめき出るまで、一分か一分半くらいの時間があったかもしれないね。ただ僕は、人見看護婦が犯人だったとしたら、薬局の入口のドアを閉めておくのが自然だと思うんだ。ドアが開け放しだったら、彼女が問題の時刻に薬局の中にいなかったと証言する者が現われる危険が非常に大きくなる。彼女は決してばかではないから、そのくらいの用心をするのは当然だが、薬局のドアは、僕等がうちへ帰って来た時からずっとあけっぱなしだったぜ」

「それだったら、だれかのアリバイがウソなんだわ。外部から来た者のしわざだなんて、私、信じられない」

「僕もその点は同感だ。ただ、悦子がさっき言った、家永看護婦が共犯者を呼び出して、話をしているうちに、犯人がとっさに彼女を刺したという説は賛成できないな」

「どうして？　それじゃ、にいさんは、犯人の方が彼女を呼び出したのだって言うの？」

「それはどうかわからない。しかしね、悦子の言うように犯人がとっさに殺意を起したものだとしたら、毒を塗ったナイフなんか使うかしら？」

「なるほど、コブラの毒を塗ったナイフを護身用に持ち歩くなんて話は、聞いたことないわね。では、どっちがどっちを呼び出したにせよ、ふたりが壕で落ち合った時には、すでに家永看護婦殺しは準備ができていたわけね」

「そう思うね。あのナイフに見覚えがあると答えた者がひとりもないところを見ると、ナイフもあらかじめそのために準備されていたのかもしれない」

「だけど妙な手段を取ったものねえ。ナイフの刃に、わざわざ毒を塗っておくなんて。――私、この事件の犯人は、女じゃないかという気がするわ」

「女？　なぜ？」

「犯人が男だったとしたら、ひとりの女を殺すのは、それほどむずかしいことではないでしょう。すきを見て、のどをしめるとか、ナイフで急所を一突きするとか——。ところが犯人自身もまた、か弱い女性である場合、一思いに殺してしまえるかどうか自信のない彼女は、ナイフに毒を塗ることを考えついたのよ。これなら切りそこなって急所をはずれても、傷さえつければ確実に目的を達することが、できるわけですもの」

兄は、くちびるを引きしめて私の顔を見つめた。それから、こぶしで軽くひざを打った。

「うまい悦子。今の説明は気に入った。急所をはずれても傷さえつければ目的を達することができる、か。攻撃力に自信のない人間だったら、こういう手段を考えつくかも知れないね。抜穴の釘を抜こうとしなかったのも、犯人が、か細い人間だという事実を示しているのだろうか？」

「抜穴の釘？」

「悦子がいたずらした、ふたの釘さ。あのふたは別に釘づけされているわけではない。すきまに釘を二本さし込んであるだけなのだから、僕なんかだったら、力を入れて引きあければ、ふたをあけるのは、むずかしいことじゃないと思う。じっさい僕が犯人だったら、抜穴のふたをあけておいて逃げたにちがいない。自分がそこから逃げたと思い込ませるためにね。ところが犯人は、そうしなかった。なぜだろう？『犯人が外部から来た人間で、抜穴を利用して逃げた』と言うふうに警察に思い込ませることは、かんたんでしかも有効な手段だと思うのだが。今、犯人がなぜ抜穴のふたをあけなかったかと言う理由を、考えつけるだけあげてみよう。

1、犯人が抜穴の存在を知らなかった。

だが、これはまず考えられないことだ。あの抜穴は桑田老夫人の事件以来すっかり有名になって、家の者はもちろん近所でも知らない者はない有様だからね。

2、犯人は抜穴のふたをあけて置くことに考えいたらなかった。

これも、これだけ周到な犯罪を計画した者としては、ありそうもないことだ。

3、犯人は抜穴のふたが釘づけにされているとは思わなかったので、そのままにしておいても、犯人が抜穴から逃げたという誤った推測をしてもらえることと考えて、ふたを特に調べようとはしなかった。

4、犯人は抜穴のふたをあけようとしたが、力が不足であけられなかった。

5、犯人は外部から来た者で、犯行を家の中の者のしわざと見てもらいたかったので、あえてふたをあけようなどとはしなかった」

「そんなことってあり得るかしら？　外部の者のしわざだなんて」

と、私は口をはさんだ。

「一応の仮定としてあげたのさ。それからまだある。

6、犯人は家の中の者だが、何かの理由でふたをあけたくなかった。

7、犯人は、一刻も早く逃げなければならないと考えていたので、抜穴のふたをいじっている暇がなかった。

じっさいはね、暇がないなどということは、なかったはずなんだよ。犯人は家永看護婦をおさえつけて壕から出さないようにして、すっかり息が絶えてから逃げても十分間に合ったんだ。もしそうしていたら、家永看護婦の死は、人々が彼女の帰りのおそいのを怪しんで騒ぎ出すまでは発見されなかったにちがいない」

「どうしてそうしなかったのかしら？　発見がおくれるほど犯人にとっては有利なんじゃない？」

「犯人はおそらく、壕の中での悲鳴は、家の中までは聞えないと言うことを知らなかったのだろう。また、あの場合は、家の者は全部家の中か裏の方にいたのだが、もし偶然あの時、壕のそばを通りかかった者がいたとしたら、壕の中の悲鳴も聞かれたにちがいないから、そういう意味からいって、犯人が一刻も早く現場を去ろうとしたのは、無理のないことなんだ。だが犯人は、いったいどの方向へ逃げたのだろう？　玄関の方へ来なかったのは僕らが見てわかっているし、裏に逃げたら炭屋に出会ったはずだ。物置き部屋のそばの戸口からはいったとしたら？　だが家の中には家族以外の怪しい人間がかくれていなかったのは、刑事の捜査ではっきりしているし、茶の間の夫人と英一君は、その場を離れなかったことをたがいに証言している。犯人は、どこへ行ったと言うんだろう？」

兄は、いつになくまゆ根を寄せて、両手で頭をかかえ込んでしまった。私は考え考え言った。

「ねえ、にいさん、犯人が一刻も早くその場を去ろうとあせった気持はわかったけど、結果から言うと、家永看護婦の死を見とどけないで逃げたと言うのは、非常に危険なことだったんじゃない？」

「というと？」

「家永さんは死ぬ時、ネコ、ネコ、と言ったでしょう。もしあの時、ネコと言う代わりに、ただひとことでも犯人の名を言っていたら、事件はたちまち解決してしまったわけじゃない」

「そうなんだ。僕を何よりも悩ませるものは、彼女のあのことばなんだ。警察では、この最後のことばを、断末魔のうわごとのように考えて重きを置いていないらしい。

じっさい、空《くう》をつかむような話だし、警察には、もっと論理的な捜査方法があるのだろうからね。だが、僕はあのことばを、うわごとと片づけてしまう気にはなれないんだ。彼女は最後の瞬間まで犯人をかばうつもりだったんだろうか？　それとも——」

「それとも？」

「彼女は、ほんとうに、ネコに殺されたのだろうか？」

「しっかりしてよ、にいさん。ネコが人間をナイフで刺すなんてことがあって？」

「だって、家の中で人見看護婦をのぞけば、アリバイの成りたたないのはネコのチミだけだぜ。家永看護婦が、最後の力をふりしぼって壕の入口を指さした事実——、壕内のくぼみにネコの毛が残っていた事実——これを、うわごとだの偶然だのと言って片づけてしまっていいものだろうか？」

「にいさんは少し考え過ぎるのよ。だから話がこんがらかるんだわ。ネコという動物は、空箱だの押入れだの妙な所へもぐり込みたがるくせがあるのよ。チミだって例外ではないと思うわ。チミは防空壕の壁のくぼみにはいり込んで昼寝をしていたのよ。多分、家永さんか犯人かの、どちらかにくっついて壕へ行ったのかも知れないわね。そうしてふたりが話し合ってる間、くぼみにはいって遊ぶか眠るかしていたのよ。そうしたら家永さんが不意にけたたましい悲鳴を上げた。犯人は壕の入口からとび出して逃げた。そこでチミもびっくりして犯人のあとについてとび出したのよ。家永さんは、もうろうとした意識の中で、目の前をかすめたネコのすがたを認め、そのすがたから強い印象を受けたのよ。もしかしたら、平坂氏の失踪事件の時にもネコが関係していたのを無意識のうちに思い出して一種の暗示にかかったのかも知れないわ。ともかく平常の状態ではなくなってしまっていた彼女は、壕の中にネコがいたという事実を自分の受けた被害と結びつけて、ひどく重大に考えてしまい、最後の力でそれを訴えようとしたんだわ」

兄は答えなかった。ほとんど苦痛に近い緊張と焦燥の色を面《おもて》にみなぎらせて、自分の手のひらを見つめていたが、不意にぶるんと頭を振って立ち上った。

「悦子」

「どうしたのよ？」

「一つ、ふたりでしばいをやってみよう。ネコについての説明は、今の悦子の言った通りで正しいのかもしれない。だが僕の疑問は、まだまだきりなしにあるんだ。悦子は、犯人と家永看護婦が話し合っていた、と言ったね？　話し合っていた人間が、どうしてうしろから刺せたのだろう？」

「うしろから？」

「そう。被害者は、右の肩をうしろから刺されたんだ。仕切りの板と土の壁の間の狭い場所で――。これはどうも実地にやってみるのが一番いいようだ」

兄は、打って変ったきびきびした態度で室内を歩き回った。

「いいかい、悦子。ここは防空壕の中なんだ。ドアが壕の入口の石段。その右の本箱が、ローソク入れのくぼみ。あのくぼみは、床から一メートルくらいの高さの所にくり込んでいるんだから、本箱の二段目のたながちょうどいいだろうな。悦子の毛糸のクマ公をチミにしよう。チミが壁のくぼみにはいって遊んでいるんだ。石段と壁のくぼみの間には、仕切りの板が直角につき出ている。ドアと本箱の間に折りたたみいすを立てかけておこう。もちろん天井までの高さがあるつもりだぜ。床のこの辺にザブトンを一枚置いて、これが抜穴のふただ。この鉛筆が例のナイフ――。悦子はこれで僕を――」

「また始まった。いやだわ」

「そう言うなよ。悦子のイマジネーションが僕には必要なんだ。家永看護婦と犯人は、この壕で会って話をする。ところでここに三とおりの場合がある。ふたりが連れだって壕へはいって来た場合。被害者が先に来て、加害者の来るのを待っていた場合、加害者が先に来て、被害者を待ち合せる場合。――最初にふたり連れ立って来た場合からやろう」

私たちはドアの所に行き、それから室の中央に向って歩き出した。

「本当は石段が狭くてふたり並んではおりられないんだが、まあいい。ふたりは壕の中へ下りた。それから僕は、どこに立てばいいんだ？　被害者の刺された位置」

「本箱の前よ。くぼみのすぐ前の床に血がしたたって、ナイフが落ちていたじゃない」

兄は本箱の前に歩み寄りながら、

「どっちを向くんだ？」

「そりゃあ、もちろん私の——待ってよ。にいさんは本箱の方を向かなければならないわけだわ。彼女は、うしろから刺されていたんですもの」

兄は、くるりと本箱の方を向いて言った。

「うしろ向きになって話をするのかい？」

「おかしいわねえ。やっぱりこっちを向いていなければだめだわ。だけど、これじゃ、うしろから刺すわけには行かないし——。ああそうだ。『そこにネコがいるよ』とか何とか言って、被害者にうしろを向かせて置いて、その瞬間をねらって刺したら？」

「たかがネコを見るために、全身で回れ右をするのかい？　頸部硬直症じゃ、あるまいし――」

「それなら、家永看護婦が、怒るかすねるかしてうしろを向いたとしたら？」

「あまりうまい説明じゃないが、それでいいにしよう。次は、被害者が先に壕に来て、相手の現われるのを待っている場合をやってみよう。悦子の思いつく場面を話してくれ。僕はそのとおりにするから」

「最初ね、にいさんは、くぼみの方を向いて、手でチミをじゃらしているの。相手がやって来るのを待つ所在なさからね」

「こうだね」

兄は本箱に向かって立って、毛糸のクマを手でなでた。

「そこへ私が近寄って、いきなりナイフで刺す」

「待った。僕は悦子が現われるのを、今か今かと待ってるんだぜ。悦子の足音が聞えた、本人が姿を現わした、それでもうしろを向いてネコをいじっているのかい？」

「それなら、私が足音を立てないようにはいって来たら？」

言いながら私は、つま先歩きでドアの所へ行った。いつの間にか、ひどく乗気になっていたのだ。兄は、クマをいじりながら、

「よし、やってみてくれ」

「私は足音をしのばせて石段をおりる。私たちのあいだには仕切りの板があるから、にいさんの位置からは、おりて来た私のすがたは見えないわけよ。私は仕切りの板のかげから、にいさんの様子をうかがう。そして――」

私は、いきなり手をのばして、鉛筆で兄の肩を突いた。

「そら！　うしろから突けるじゃない」

「悦子、今突いたのは、僕のどっちの肩だい？」

私は、ぎゃふんとなった。私の突いたのは左の肩だった。

「これもだめだわ。左肩なら突けるけれど右はとどかないもの。――今度は、私が先に壕に来るわ」

私たちは位置を交換した。私は鉛筆をにぎりしめて本箱の前に立ち、兄はいったんドアの所に行ってから、真直ぐに歩き始めた。石段をおりて来るところである。丁度、板の仕切りのかげから姿が現われたと考えられる点まで兄が来た時、私は一歩前に躍り出て、鉛筆を振りあげた。だが、私の手は、ちゅうで止まった。

「だめだ、やっぱり左肩でなければ刺せないわ」

一瞬、私はがっかりした。だが次の瞬間、手を打って叫んだ。

「にいさん、わかったわ。私たち今まで、壕へはいって来たところの場面ばかり再現してたけど、彼女は、話を終って出て行こうとした時に刺されたのよ。ね、そうに違いないわ」

「やってみよう」

兄は私の興奮には乗って来ないで、平静な、むしろ気のない声で言った。私たちは、室の中央あたりに、肩を寄せて立った。

「さ、これで話がすんだのよ。壕から出るの。にいさんが先に立って——」

兄は私に背を向けて、ドアの方へ歩きかけた。私は追いすがって、その右肩を鉛筆で突いた。

「ほら」

と、私は勝ちほこって叫んだ。

「突けたでしょう？　右肩をうしろから」

「しかし、血のしたたりがあったのは、どの辺だったっけ？」

私は、はっとした。夢中になった私は、『家永看護婦が刺されたのは、くぼみの真前である』と言う重要な条件をおるすにしていたのだ。

「にいさん、もうだめ。考え出せないわ」

私は音《ね》をあげて、床に置いたザブトン——小道具としての役割で言うならば、抜穴のふた——の上に、どかりと腰をおろした。

「がっかりするなよ」

と、兄は慰め顔で言った。

「これでも、ずいぶんいろいろのことがわかった」

「不可能の場合ばっかりわかったんじゃないの」

「そうだ。しかし不可能な場合がわかったと言うことは、可能な場合を考える範囲が、それだけ狭ばまった、ということではないかね？」

兄がそう言った時、ノックの音がした。兄がドアをあけた。

「朝っぱらからすみませんが、ちょっと相談したいことがあるんですが」

兼彦氏が、のっぽな背をかがめるように、戸口から首を突っ込んで言った。私たちは、大あわてで、まだ敷きっ放しになっていた夜具を片づけた。

「ほかでもない敬二のことなんですが、現住所を警察に話してしまった方が、いいでしょうかなあ」

私たちのすすめるいすに、力なく腰を下した兼彦氏は、まるで一晩でめっきり白髪がふえたかと思われるような疲れた顔をしていた。

「砧警部補に、敬二のいどころをやかましく聞かれているんですよ。わたしとしては、不必要なかくし立ては、かえってよくないと思うんだが、今まで、知らん知らんと言っていた手前、少し具合が悪いのです。今さらいどころを話したら、だれから聞いた、と来るに決まっている。その時、君の名を出したら迷惑じゃないですか？」

「僕のことだったら、いっこうかまいませんよ。おっしゃってください」

兄は気軽く答えてから、ちょっと首をかしげてつけ足した。

「言いたくない理由が、ほかにおありなのだったら話は別ですが」

「いや、そういう理由は全然ないのです。敬二のことは、今度の事件には何の関係もないものと、わたしは確信しています。あいつは少々不良じみたところがあるから、警察も一時は追及するかもしれないが、妻の母が死んだ時も、今度も、全然うちにおらんのだから、問題はないでしょう。君さえ、かまわんと言ってくれるなら、あとで死体の首実検に行く時、警部補に話すことにします。また君に、どうして知ったかなどと、うるさく聞くかもしれないが」

「かまいませんよ。話すことは、はっきり話しちまった方が、よけいな疑いを受けないで得策でしょう。きのうは、ごたごたして、お話しそびれましたが、敬二君の所へもう一ぺん行って来ましたよ」

兄は、昨日の報告をしてから、

「時に、英一君のテープ・レコーダーの件は、どうなりました？　先生は、英一君がレコーダーを持っていたことを御存知だったのですね」

「知っていました。全く英一のことでは、具合の悪いことになってしまって——」

「では、レコーダーに関連して、もっと何かあったのですか？」

「いや、レコーダーの件は、刑事が、英一の友人の所に行って調査した結果、先週の土曜日に英一が返しに行って以来、だれも手をつけずに、そこの家にあると言うことが判明したのですが、その件とは別に、妙な事実が出て来て困っているのです」

「妙な事実というと？」

「平坂の細君が、おどろいたことに、英一の高校時代のクラスメートだと言うのです。平坂の細君の身許を洗っているうちに、その事実が出て来たものらしくて、けさ早く警察から問い合わせが来たのです」

「先生は、その事実を、今まで御存知なかったのですか？」

「思ってもみなかった」

兼彦氏は、言いながら二、三度かむりを振った。

「第一、あの細君が、まだ二十一や二だとは夢にも思えなかったですよ。わたしは、てっきり三十に近いと思っていた。しかし刑事がそう言って来たから、敏枝に聞いてみたところ、あれも知らんと言う。英一に聞いたらひとこと『そうです』と言ったきり、取りつく島もないのです。しかたがないから英一の卒業名簿を繰って、やっとたしかめて返事をしたのですが、警察では英一とあの細君の間に、何かひっかかりがあるのではないかと疑っているらしいのです。英一は、同級だった以外何もないと否定しているが」

「先生や奥さんは、どう思っていられるんですか？」

「英一のことですか？　それはもちろん我が子のことだから、あれが殺人罪を犯したなどとは考えられません。だが……」

兼彦氏は、そこで苦しそうにことばを切って、

「だが、絶対にないと言いきれないところが、わたし等には不安でならないのです。ぜんたい英一というやつは、何を考えているのか、親のわたし等にさえ見当がつかんのです。高校の時分から、学校や友人のうわさなど全然しない子で、平坂の細君とクラスメートだったという話も、わたし等は今さら驚いている始末なんですが、大学受験を一回しくじったころから、いっそう心を打ちあけないようになってしまって、わたしも家内も少々手をやいていたのです。敬二の方とは、また違った意味でね。わた

しとしては、万に一つも英一が人殺しをしたとは思えんですが、それを警察に釈明しようにも、申したてる材料がないといったかっこうなのです」

「しかし、それなら真犯人がつかまれば問題は解決するわけですが、先生がごらんになって、心あたりというようなものは、おありにならないのですか？」

兼彦氏は、しばらく考えていたが、やがて言った。

「心あたりというのではないが、妙だと思ったことはあります。その人物が犯人だなどというのではないが」

「どういうことです？　それは」

「平坂氏の手術が終った日でした。わたしは看護婦の人見に、二号室の付添になるように命じたのです。手術は、かんたんな盲腸炎だし、結果もごく良好だったのですが、一号室と二号室は一等病室なので、患者の希望があれば看護婦を付添わせる習慣になっているのです。で、わたしは人見を平坂氏に付けるつもりでいたのですが、どういうものか、あの女がそれを拒否したのです」

「平坂氏の付添になることを？」

「そう。理由はいくら聞いても言いませんでした。結局付添は、平坂氏夫妻の方から辞退して来たのでそのまますんだのですが、おかしいと言えばそのくらいなものです」

「人見看護婦と言う人は、性格は？」

「ごくさっぱりした感じの良い女です。仏のことを悪く言うのはなんだが、家永は、ものの言い方に険があるので患者にも評判がよくなかったが、人見はそういうことはありません。付添のことについても、わたしは少し妙だと思うだけで、人見が犯人だなどとは思いませんよ。第一、人見に平坂氏を殺す意志があったのだったら、自分から進んで付添になりたがるはずです。そうは思いませんか？」

「そうですね。話は違いますが、きのう峰岸警部から僕にかけてよこした電話は、先生が御自身で受けてくださったのですか？」

「そう。わたしが受けましたよ」

兼彦氏は、いぶかしそうに瞬いて、

「ふつうなら看護婦が出るのですが、たまたまわたしがそばを通った時、ベルが鳴ったものだから。それがどうしたんです？」

「先生が電話を受けられた時、近くにだれかいましたか？」

「待ってくれたまえ。いなかったようですね。いや、野田が待合室の掃除をしていた。あの娘は実によく掃除をします。人見と家永は見えなかったですよ。薬局の中にでもいたのかもしれないが」

「それから先生は、電話口で、何か通話の内容が他の者に推察できるようなことばを口にされましたか？　たとえば、『仁木君なら今るすです』とか、『テープ・レコーダーがどうしたのですか』と言うふうに」

「おそらく言ったでしょうね——何かいけなかったのですか？」

「そんなことはありません。先生は、あの電話の内容を僕と妹以外のだれかにお話になりましたか？」

「変なことを言っちゃ困る。君にかかって来た電話を、何の用があって他人に話すのです？　わたしがそんなことをするように見えますか？」

兼彦氏は、やや気色ばんだ。

「そういう意味ではないのです。失礼しました」

兄はていねいに謝まったが、兼彦氏は、まだ少しむっとした様子で、そっけなくあいさつをして室から出て行った。

「人見看護婦に会ってみたいな。だが、その前に一応家の周囲を回ってみようか」

兼彦氏の姿が見えなくなるとすぐ、兄が言った。

「何のために回るの？」

「何のためと言うこともないけどさ。僕らが一生懸命頭をしぼって、犯人は家の中の者だと断定してみたら、板べいに人が出入りできる穴があいていたなどと言うことになったらつまらないからね」

「まさか」

と私は笑ったが、朝の空気を吸うだけでも、損にはならないと考えて、兄について外へ出た。きょうも空には薄い雲がかかって、大して暑くはなりそうもない天気だった。

裏木戸の方へ歩いて行くと、女中のカヨさんが洗濯物を干していた。そばに幸子ちゃんが、チミを抱いて立っていた。

「幸子ちゃん、ゆうべは、おねしょ、しなかったの？」

私が声をかけると、幸子ちゃんは、てれたようにこっくりした。

「幸子ちゃんは、寝小便なんかしないだろう？」

と、兄が笑いながら言った。

「夜中に一回起してあげれば、しないんですの。奥様が何かの加減でぐっすりおやすみになって、起すのを忘れると、必ずおしくじりがあるんです」

と、カヨさんがまじめくさって説明した。幸子ちゃんは真赤になって、うちの中へかけ込んでしまった。

私たちはまた歩き出した。十歩ばかり行った時、私はふとあることを思い出して、思わず足を止めた。一歩前に出かけた兄が振り返った。

「どうした？　悦子」

「にいさん。今カヨさんこんなことを言ったわね。夜中に一回お手洗いに起せば幸子ちゃんは寝小便しないけど、起すのを忘れると必ずするって――」

私は、背のびをして――背のびをしなかったら兄の耳にとどかないから――ささやいた。

「うん。それがどうしたの？」

「月曜日の朝、私ユリさんに指輪を持って行ったでしょう？　あの時、裏に、おしっこのふとんが干してあるのを見たのよ」

「ほう？」

兄にはこれだけで十分だった。が私は口からひとりでにほとばしり出ることばを止めることができなかった。

「月曜の朝と言えば、桑田のおばあさんが行方不明になった翌朝でしょう？　敏枝夫人にしてみれば、お母さんの消息が気がかりで、眠るどころじゃなかったと思うわ。

それだのに、幸子ちゃんを起すことは忘れたのね。どういうことかしら、これは？」

「だれかに睡眠剤を飲まされたか、心配の余り幸子ちゃんのおしっこなんかどうでもよかったのか、それでなかったら、夜中にどこかへ行っていたのか――」

兄は、半分は口の中でつぶやいた。

家にはいった時、応接室の戸があいて、中でごとごとやっている音が聞えた。人見看護婦が、いすの位置をなおしたりして、昨夜のあと片づけをしているのだった。

「聞いてみろ、悦子」

兄が私の肩をついた。私は応接室へはいって行った。

「お早う、人見さん。ゆうべは大変だったわね。野田さんの具合はどう？」

「まだ半病人よ。脳貧血だから、心配なことはないんだけど、よっぽど怖かったんでしょう。あの人ふだんから気が弱いから」

人見さんは、片づけの手を休めずに答えた。

「でもあなたは、わりに落ちついてるわね。偉いわ」

「悦子さんだって――。家永さんの息を引き取るところを見てたんでしょう？」

それには答えずに、私は尋ねた。

「人見さん、あなた、平坂氏の付添になるのを断わったって、ほんとう？」

人見さんは、はじめて手を休めて体を起した。そして真直ぐに私の目を見てからうなずいた。

「どうしてなの？　あなた、平坂さんがきらいだったの？」

「悦子さんは、わたしが平坂さんを殺したと思っているのね。そして家永さんも――」

「そんなこと思ってやしないわ」

と、私はおだやかに打ち消した。

「あなたがほんとに平坂氏を殺す気があったら、彼の付添になっていた方が、好都合だったでしょう。私はただ、平坂氏がどう言う人だったか知りたいのよ」

「あの人は人非人だったわ」

人見さんは、低い烈しい口調で言った。

「あの人が殺されたと言うのがほんとだったとしても、わたし、これっぽかしも気の毒だなんて思わないわ」

「人見さん。あなたは前から平坂氏を知っていたの？」

彼女は、かむりを振った。それから、言おうか言うまいかと、ためらっている様子だったが、やがて口を切った。

「わたしが知っていたのじゃないの。名前は知っていたし、写真も見たことあったけれど。――その写真はね、わたしの友だちが見せてくれたの。その時、友だちは幸福そうだったわ。もうすぐ結婚するのだと言って、あの人の写真を見せてくれたのよ」

「平坂氏と結婚すると言って？　それからどうしたの？」

私は性急にうながした。話の筋がおぼろげながら想像される気がした。

「あの人は、わたしの友だちとは結婚しなかったわ。新しい女が現われたのよ。友だちは発狂して、精神病院に入れられてすぐ死んだわ。そりゃあ友だちも、ばかと言えばばかかもしれないわ。わたしより三つも年上だったのだけど、はがゆいほどおとなしい、純真な人だったの。友だちの両親まで、一時は気ちがいみたいだったけれど、本人同士の口約束だけだから、訴えることもできなかったのよ」

「その新しい女と言うのが、今の清子夫人なの？」

「違うわ。友だちが、そんなにして死んだのは六、七年も前のことですもの。平坂と言う男は、幾人の女をだましたか知れないけど、正式に結婚したのは清子夫人だけらしいわね」

「でも、清子夫人だって幸福じゃなさそうじゃあないの。ひどく面やつれして――。もとは、きれいなかただったにちがいないけど」

「わたしの友だちだって、きれいな人だったわ。二皮目で、京人形みたいな——。友だちが死んだ時は小さかった妹さんが、今はもう十三になって、姉さんによく似て来てるのよ。見ると切なくなるくらい」

「最近会ったの？　お友だちのおうちのかたに」

「妹さんが入院したのよ、このあいだ——。家がこの近くだものだから——」

人見さんは、ふいに口をつぐんだ。そして、しゃべり過ぎたというふうに、あわただしくその辺を片づけ始めた。これ以上は、何を聞いても無駄だとわかったので、私は室を出た。兄は、とっくに二階に帰っていた。

「悦子、これで、アヒ酸のなぞが解けた」

兄は、私の報告を聞き終ると、にっこりして言った。

「あの二包の毒薬は、この家で起った三つの殺人事件とは直接には何の関係もなかったんだ」

「じゃあ、平坂氏の薬袋の薬を、アヒ酸とすりかえた人——私たちの方程式では、人物X——が、だれだかわかったって言うの？」

「悦子は忘れたのかい？　日曜日の夕方、夫の失踪を知らされた清子夫人が医院に戻って来た時、二号室にある人物がいたのを——」

「工藤夫人？　でもにいさん。あの時刻には、すでに平坂氏の失踪は医院中に知れ渡っていたのよ。平坂氏がいなくなったと聞いてから、わざわざ毒薬を置きに行くなんて、話がとんちんかんじゃない？」

「工藤夫人が薬をすりかえたのは、夕方よりもっと早い時刻だったのだ。恐らくは二時か二時少し過ぎ、平坂氏が二号室を出た直後だったのだろう。工藤夫人は、彼が室から出て行くのを見て、入れ代わりに二号室にはいった。彼女は、同じ病院に平坂氏が入院している事実に気づいた時から、アヒ酸の包をいくつもこしらえて機会をねらっていたものにちがいない。平坂氏の薬袋には、薬が二服残っていた。彼がもう薬を飲まないということを知らない工藤夫人は、用意のアヒ酸から二包を、残っている薬と取りかえておいて室を出た。数時間たった。平坂氏の失踪と言う、思いもかけないニュースが彼女の耳に伝わって来た。彼女は、とまどうと同時に自分のしたことが恐ろしくなった。第一かんじんの平坂氏がいなくなってしまったのでは、毒殺の計画は一とんざを来たしたわけだ。彼女は、もう一度二号室に行ってアヒ酸を取り返して来ようと考えた。平坂氏の薬袋から盗んだ薬を、まだ持っていたのだったら、もとどおりにすりかえようと思ったのかもしれないが、多分薬は残りのアヒ酸と一しょに始末してしまっていたのだろう。ともかく彼女は、もう一度二号室にはいった。ところが、そこへ人がやって来た。彼女はあわてて、手近にあったクッションの、二つ折りになったあいだに薬袋を押し込んだ。薬袋をポケットに入れることを思いつかなかったのか、それとも薄いスカートとブラウスには、薬袋を入れられるほどのポケットがついていなかったのかもしれない。ドアをあけたのは清子夫人だった。工藤夫人は洗濯物がどうだとか言いわけして室を出た。その後彼女は機会があったら二号室のクッションの間から薬袋を取って来るつもりでいたにちがいない。ところが、清子夫人が二号室を引き払って帰ると、ほとんど入れ代わりに大野嬢が二号室に入院したので、工藤夫人は、毒薬を取り戻しに行くことができなかった。彼女は中年の主婦だから、例のクッションが、平坂氏の物ではなくて、病室の備品であること、従って薬袋は今もクッションの中にはいって二号室にあることを知っていたにちがいない。だからこそ、大野嬢が退院するとすぐ、二号室にはいろうとした。ところがその時には、僕と悦子が二号室にいて、室内をあさっていたのだ。彼女は、それが僕等であることに気づいたかどうかは知らないが、やむを得ず、そのまま退院してしまったのだ」

「なるほどわかった。発狂して死んだと言う、人見さんの友だちは、工藤夫人の娘なのね」

「そうにちがいない。僕は、ある程度の想像はしていたのだが、工藤夫人が平坂氏に殺意をいだく動機が考えつけなかったので、自信が持てなかったんだ。発狂して死んだ気の毒な女性の運命に、はたしてどれだけの責任を、平坂氏が負わねばならないかと言う問題は、僕には何とも言えないけれど、工藤夫人の目には、彼は八つざきにしてもあき足らない娘のかたきとして、映っていたんだ」

「工藤夫人のこと、どうする？　会って問いつめる？」

「そうまでする必要はないだろう。役に立ちそうなことを知っているとも思えないし——。しかし、三つの殺人事件がかたづいて暇ができたら工藤夫人の所へ行って、一応話を聞く方がいいだろうな。そうしないと、彼女はいつまでも、クッションの中のアヒ酸のことを気に病んでいるだろうから。——僕が問いつめたい人物は、工藤夫人よりほかにいるんだ」

「だれ？　それは」

「ユリさんさ。二号室の窓にネクタイがさがっていた理由を説明できるのは、彼女以外にはないと思うんだ」

「ネクタイをさげたのは彼女だと言うの？」

「ちがう、ちがう。さげたのは平坂氏自身さ。工藤夫人が平坂氏のネクタイをいじったとは考えられないし、清子夫人がさげたとも思えないからね」

「でも、それが彼女とどういう関係があるの？」

「それを聞き出したいんじゃないか。ユリさんは、きょうは試験だとかで、刑事の了解を得て学校へ出かけて行ったようだが、僕等が、死体の首実検から帰って来る時分には、帰って来るだろうな。何とか、人目に立たないで彼女をつかまえることができるといいんだが――」

平坂清子夫人、兼彦氏、兄の雄太郎、私、それに砧警部補の五人が死体置場についたのは、午前十一時近かった。最初、警視庁の自動車が箱崎医院に到着して、兼彦氏と兄と私を乗せて平坂邸に向かったのは、九時を過ぎたばかりだったのだが、清子夫人の支度がてまどって大分待たされたのだった。砧警部補は、すでに平坂邸に、夫人を迎えに行っていた。兼彦氏は警部補の姿を見ると、気おくれがしたように兄の方を振り返ったが、兄がうながすように軽くうなずくのを見ると、警部補のそばに寄って何かささやいた。それからふたりは平坂邸の応接間にはいって行ったが、五分程して警部補が顔を出すと、

「仁木君、ちょっと」

と兄を呼んだ。兄も応接間に姿を消した。敬二君の一件だとわかっているので、私は気にしなかった。玄関の前に立っていると、平坂家の年取った女中が、夫人のハイ

ヒールを持って出て来た。私の姿を見つけると、どぎもを抜かれた顔で、

「お嬢様も、あの、死がいを見にいらっしゃるのでございますか？」

と小声で尋ねた。私は、そうだと答えた。

「恐ろしいことで――。奥様は、もう今から御気分を悪くしていらっしゃいますのですよ。警察と言うところは、ひどいことを言いつけるものでございますねえ。わたくしが奥様の代わりにまいるわけには行きませんので、ございましょうか？」

「そうも行かないでしょうね。こればかりは」

「でも、わたくしだって、だんな様のお顔や御体格は、よっく存じ上げているのでございますよ。ほんとに、これ以上清子様のお心をお痛めするのは、たまらない気がいたします」

私は、彼女が、夫人のことを奥様と呼ばずに清子様と呼んだのを、一瞬いぶかしく思った。が、すぐ、この女中は清子夫人がまだ実家にいた、少女のころから世話をしていた人だと言うことに思い当った。してみると、平坂氏と清子夫人との結婚のいきさつや、その後の夫婦の生活を最もよく知っているのは、この老女中であるかもしれない。私は、できるだけ、さり気ない調子で尋ねた。

「平坂さんが、もしかしたら殺されなさったかもしれないという話、聞いていらっし

やる？」

「はい、警察のかたが奥様におっしゃっていました。それで、身許のわからない死がいを見にいらっしゃるのでございましょう？」

「そうよ。御結婚後いくらもたたないのでしょうに、奥さんお気の毒ね。平坂さんは、奥さんにおやさしかったんでしょう？」

「は、はい」

女中は、あいまいに答えた。私は、かまわず言い続けた。

「こんな大きな立派なおうちで、何不自由なくしていらっしゃったんでしょうに。奥さんが、いつ見てもきちんとしたなりをしていらっしゃるところを見ても、平坂さんが、どんなにあのかたを大事にしていらっしゃったかわかるわ。欲しい物は何でも買ってあげになったのでしょうね」

「大きなお邸に住んで、よいお召物を買っていただければ、しあわせなものだと思し召すのでございますか？」

彼女は、腹にすえかねたと言う口調で言い出した。私はばかみたいな顔で言った。

「もちろんそうは思わないわよ。どんなに経済的に恵まれていたって、愛情のない結婚だったら、しあわせなわけないわ。でも、心から愛している人とふたりで、こんなおうちで暮すのだったら――」

「奥様は、だんな様などをすいてはいらっしゃらなかったのでございます」

彼女は、とうとうカンシャクを起した。長年の間、おさえにおさえていた、うっぷんが爆発したのかもしれない。声はひかえ目に低かったが、手に持った靴がわなわなとふるえていた。

「でもそれは奥様がお悪いのではございません。だんな様は奥様のことなど、犬っころほどにも思ってはおいでにならなかったのでございます。おかわいそうに、清子様は、あんな底意地の悪い人でなしと御結婚あそばすはずではなかったのですわ。ほかにもっともっとよいかたが、――それこそ心から愛しあっていらっしゃったかたが、いらっしゃいましたのに」

「そうだったの？　では、あのうわさは、まんざら根のない話ではなかったのかしら？」

「うわさと申しますと？」

「平坂さんを殺したのは、清子夫人だというわさよ。わたしは、おふたりが愛しあっていらっしゃったものと思っていたので、だれがそう言っても、信じなかったんだけど」

「それはウソでございます」

彼女は顔色を変えて叫んだ。

「清子様ではございません。だんな様が、どれほど執念深いいじわるなおかただったにしろ、清子様がそんなだいそれた――」

その時、廊下で足音がした。清子夫人だった。行く先が行く先なので、夫人は地味なアイ色のワンピースを着て、顔にもベニの気《け》がなかったが、それがいっそう彼女の顔色を青白く見せていた。そこへ応接間から三人の男たちも出て来た。兼彦氏は明かにほっとした色をみせていたし、砧警部補も、今までかくしだてをしていたことに対し、兄や兼彦氏に、はらをたてているふうには見えなかった。

私たちは、車中の人になった。

私たちが検分しなければならない死体は、二つあった。

「日曜以後の身許不明の変死体は、三件あるのですがね、一件は家出娘らしい若い女の飛び込み自殺なので、問題になるのは、この二体だけなのです。大分ひどくなっているので、奥さんに直接お目にかけるのはどうかと思いますが、もし確実な特徴と言うようなものがあったら、言っていただけると、こちらで検査します」

と砧警部補が言った。私は、死体というものは、船の寝だなのようなたなにしまってあるものだと、漠然と想像していたのだが、今見る部屋は、病院の霊安室を思わせるような、がらんとした部屋だった。強いホルマリンのにおいがいっそう病院を連想させた。死体は、それぞれ車つきの台にのせられて、防水布でおおわれて横たわっていた。そのかたわらに立っている、やせた四十年輩の男が、死体の解剖を担当した監察医だと言うことだった。

「わたくし、やっぱり見せていただきますわ」

と清子夫人が、強い決心の色をおもてに浮かべて言った。

「特徴と言っても、身長や何か、きのう警察にお話したこと以外にはありませんし、体つきは、口では言えませんもの」

「そうですか。もちろんこちらではそうしていただきたいのですが——。では、こっちのから見ていただきます」

警部補の目くばせで、係官が一方の死体の顔の布を取りのけた。私は勇をこして、兄のうしろから首を出してみた。五分がりののびた頭が見えた。顔は何かでこすれたらしく一面に傷がついて、生前の面かげを見分けることは困難に思われた。死体の半ば開いたくちびるから、みそっ歯のように茶色く欠けた前歯が三本見えていた。

「御主人は、歯はどうでした？」

兼彦氏が、清子夫人を振り返って、小声で尋ねた。彼女は、案外しっかりした声で、

「ムシ歯は一本もありませんでした。歯医者へ行ったこともありませんでしたわ」

「この死体には、奥の方にも一本、齲歯《うし》があります。第一大臼歯です、上の」

警察医が、自分の左ほおをおさえて言った。

「では、体を」

警部補の声に、顔の布がかけられ、体の方の布が取りのけられた。死体は丁度平坂氏くらいの背たけで、肩はばの広い、しっかりした体つきをしていた。胸部と腹部の解剖のあとは、ざっと縫い合わされていた。裸のヒフに所々すり傷があったが顔ほどではなかった。ただ両腕は顔に勝るとも劣らないほど傷だらけで、そでの短い服を着ていたことを示していた。腰から下は、きっかりときわだって色が白かったが、上半身は日やけして、ことに、死体を横向けた時に見えた、背中から首すじのあたりはかなり濃く日に焼けていた。

「この人、ふだんはだかで働く仕事だったんでしょうか？」

と、清子夫人がつぶやくように言った。

「労働者風の男だったようです。衣類はここにありますが――。この手ぬぐいは、首に巻いていた物です」

「この、ヒフが妙にふやけたようになっているのは、どうしたのですか？」

と兄が質問した。

「水に浸ったためです。溺死体なのです」

「溺死体？」

「そうです。そのために体格などが多少変って見えるかもしれませんが、どうですか、平坂氏と判定されますか？」

清子夫人と兼彦氏が、言い合わせたようにかむりを振った。

「体つきは似ていますけれど、夫はムシ歯がありませんでしたし、第一、日に焼けていませんでした。海水浴にでも行くと半日もかからないで赤黒く焼けるたちでしたが、このところ一ヵ月くらい、加減が悪くて引きこもっていたので、ずいぶん白くなっていました」

「しかし、この男もつい最近下腹部を手術したのですね。わたしが平坂氏にしたのとよく似ている」

兼彦氏は、首をかしげて死体の下腹部をのぞき込んだ。そこには盲腸の手術の痕に似た、きれいに縫い合わせた傷跡があった。

「平坂氏の病気は何だったのです？」

と砧警部補が、念を押すように尋ねた。

「慢性の虫垂炎――俗に言う盲腸でした。虫様垂を取ってしまったから、あとさっぱりするはずだったのだが――」

「この男の虫様垂は異状ありません。盲腸に潰瘍《かいよう》のようなものができたのを取ったらしいです。それから胃の中に相当量のアルコールがありました。顔や手の傷は、岩や水底ですれたもので、他から暴力を加えられた形跡はありませんでした。もちろん殺されて投げ込まれたと言うものではなく、明白な溺死です」

「この死体は、七月六日月曜日の朝八時ごろ、丸子玉川付近で発見され引き上げられたのですが、死亡時間はそれより五時間くらい前ということでした。では、向うのに移りましょう」

と砧警部補が言った。

次の死体は、第一のにも増して惨たんたる有様だった。と言っても体には、かすり傷一つないのだが、首から上がめちゃめちゃなのだった。

「どうしたのです？　これは」

と、さすがの兼彦氏と兄も、横を向いた。私と清子夫人の方が、男連中より落ちついていたのは奇妙だった。

「自動車に引きつぶされたらしいのです」

と警部補が言った。

「体の方だけでいいですから見てください。平坂氏と思える点がありますか？」

その死体もまた、平坂氏とちょうど同じくらいの背かっこうで、筋肉質の、がっしりした体格だった。すねや腕や、胸にまで黒い毛がはえているが、はだは男としては非常になめらかな感じで、すき通るように青白かった。

「どうです、この方は」

と砧警部補がうながした。

「はだの感じは夫によう似ています。やはりこんな風に胸のところに毛がはえていました。しかし、そうだとは思えません」

「この左肩のほくろは？」

「あったかなかったか全然覚えておりません」

「これはちがいますよ。平坂氏では、ありません」

と兼彦氏が断乎とした口調で言った。

「どこでわかります」

「決まっとるじゃないですか。この死体には手術の痕がありません。ここにある二つの死体は、どっちも平坂氏ではないですが、今後平坂氏の死体が、どんな状態になって発見されたにせよ、下腹部の手術の痕さえちゃんとしていたら、わたしには見分けがつくと思います」

「そういうものらしいですね。お医者さんは、患者の顔を見忘れても、患部を見るとすぐ人を思い出せるそうですからね」

と兄が言った。それから、心持ち考え込むように、

「今のこの二つの死体の場合は、もうはっきりしたのですから、必要ないわけですが、このような場合には、血液型や、指紋で判定できるのではないですか？　第一の死体の手は傷だらけで、指紋など取れないかもしれませんが、こっちのなら十分取れるでしょう？」

「ところが、かんじんの平坂氏の指紋の方がないんですよ。これが平坂勝也の指紋であると言いきれるやつがね」

砧警部補は、いまいましげに言った。

「自宅の方からも、医院の二号室からも、取れるだけ取ってみたが、明瞭なのは皆、

夫人や、箱崎院長や、看護婦のものと判明するような始末でね。それから血液型ですが、平坂氏のは純粋なO型だったと言うことだが、この死体は二つともO型なのです」

「しかし、ともかくこの第二の死体は、指紋をお取りになったのでしょう？」

と、兄はしつこく言った。

「それでも身許が全然わからないのですか？」

「君は何だってそう、第二の死体のことを気にするんだね？」

と警部補が、いささかあきれ顔で言った。

「僕が気にする筋合でないことはわかりますが、あまりにも完全に顔をつぶしてあるから、ふしぎだと思うんですよ。自動車にひかれたと言うことですが——」

「そうですよ。この死体は、やはり月曜日の朝十時ごろ、渋谷の、ある小さな公園の裏手で発見されたのです。死亡時間は、これも午前二時から四時ごろの間、おそらくは三時から三時三十分までの間ということでした。死体はユカタにゲタばきで、ユカタとゲタはここにありますが、奥さんは見おぼえありますか？　ない？　そうでしょうな。これも、もちろん死後にひかれたものではなく、わたしは引き逃げ事件にちがいないとにらんでいます。あっちの死体とちがって、酔っぱらってはいなかったようだが——

「引き逃げが、あんなにじょうずに顔を引くでしょうか？　また一回引かれたくらいで、ああまでカンプなき状態になるんでしょうか？」

「くどいね、君は。あれは平坂氏の死体ではないと言うことが、はっきりしたんですよ。手術の痕がないんだから。それでも君は、あれを平坂氏だと言うのですか？」

「いや、僕は、あれが平坂氏だなんて言っているんじゃないんです。あれが平坂氏でないことは、僕も十分なっとくしているのですが、ただ、単純な引き逃げとは思えない——かげに何か奇怪な犯罪がかくれていそうなにおいがすると言っただけですよ」

「すっかり、シャーロック・ホームズ気取りだな。君は、箱崎医院の事件を解決しない先から、次の事件を引き受けるつもりなんですか？　商売はんじょうというところですかね」

兄は口をつぐんだ。私たちは連れだって、死体の部屋を出た。戸外に出た時、私は無意識に、思いきり大きな深呼吸をした。気がつくと、ほかのだれもかれもが、息を吸ったり吐いたりしていた。肺臓の底にたまった、いとわしいガスを排出しようとする、ポンプ作業なのだった。朝のうちかかっていた雲が晴れて、また夏らしい日ざしが、かあっと頭を照りつけていた。

砧警部補と別れ、清子夫人を平坂邸でおろして、車は私たちを医院まで送ってくれることになっていた。電鉄の駅の前を通りすぎた時だった。不意に兄が言った。

「すみませんが、ここでおろしてもらえませんか。僕ちょっと買物して行きたいのですから。悦子は、うちまで送っていただくといい」

だが、私はやはり兄について自動車を下りた。兼彦氏も、

「わたしひとりだったら、送っていただくこともないです。もう目と鼻の先ですから」

と、続いておりた。

車が帰ってしまい、兼彦氏が医院の方へ曲って見えなくなると、私はさっそく兄に尋ねた。

「何があったの？　にいさん」

「今、駅からユリさんが出て来るのが見えたんだ。うちへ帰らないうちにつかまえる方が都合がいい。――そら、来たよ」

ユリさんが、学校かばんを下げて、こちらへ歩いて来るのだった。兄は、つかつかと近寄って、十分ばかり、どこかで話したいのだがと言った。ユリさんは、「わたしには話なんかありません」と言いそうな険しい目をしたが、結局何も言わずについて

来た。ある事実についての口止めを頼んでいる以上、彼女は私の兄の申し出を、むげに退けるわけには行かないはずだった。

人気のないキッサ店の一すみを選んで腰をおろすと、兄は早速本題に取りかかった。

「ユリさん。きのうから聞いてみたいと思っていたんですが、あなたは、指輪と一しょにもっと何を盗まれたんです?」

「何をって、指輪だけです。この前も、わたし、そう言いませんでした?」

「あなたはそう言ったけれど、僕には信じられませんね。話してくれませんか、ユリさん。あなたの盗まれたものが、はっきりしないかぎり、おばあ様の死の真相をきれいに説明することができないのです。こう言っただけで、あなたには十分わかるはずだと思うが」

「わたしが盗まれたのは指輪だけです。何度おんなじ事をお聞きになるの? あの指輪を、わたしの手に取り戻してくださったことについては、どれほど感謝しているかわかりませんけど、だからと言って、こんなにしつっこくいじめられなければならない理由は——」

「僕はいつユリさんをいじめたと言うんです?」

兄は静かな、だが少しばかり皮肉な微笑を浮かべて言った。

「僕は、あなたの指輪を盗んだ人物の名を知っています。あなたが、以前、寄木細工の箱のあけ方をその人に教えたことも、従って、あなた自身には最初から指輪盗人の心あたりがついていたことも知っています。あなたがその人物を故意にかばっている心持もわかっていますし、その人物が、あなたの手箱の中から、指輪のほかに相当の額の現金を持ち出したことも想像がついているし、そのお金がおそらくは演劇部の金で、あなたがお友だちから、金曜日に預って来たものにちがいないと言うことも見当がついています。しかし僕は、あなたや、そのほか一、二の人との約束を守って、今言った事実を他人にしゃべったことはありません。『いじめる』などと言われては心外ですね」

兄がしゃべっていた間に、ユリさんの顔に現われた変化は、実に著しいものだった。彼女は、赤くなったかと思うと青くなり、くちびるをわなわなふるわせるかと思うと、傲慢な反抗的な目で、話している兄の顔をにらみつけていたが、最後に目をふせてつぶやいた。

「そんなによく御存知なのなら、どうして、わたしなんかにお聞きになるの？」

「僕の知り得たことなんか、事件全体から見たら、一つまみにもあたりませんよ。だからこそ、あなたに話していただきたいのです。ユリさんが、どうしても話したくないと言われるなら、杉山という人を訪ねるよりないのですが、そんなことをされては、あなただって迷惑でしょう？」

「お話しします、わたし」

ユリさんは、何から始めたものか迷っている様子だったが、やがて話し出した。

「わたしたち、演劇部の者は、もう一年も前から一生懸命お金をつみ立てていました。お小づかいを持ち寄るのはもちろんのこと、バザーを開いたり、お花を売ったり、父兄から寄付をいただいたりして——。わたしの学校はどちらかと言えばブルジョアが多いので、お金は思ったより集まり、今年の六月末で二万七千円になったのです。お金は、演劇部長の杉山さん——わたしと同じクラスの三年生なのですが、その人の名義で銀行預金にしてありました。わたしたちは、今年の秋の開校記念日には、あまり子供くさくない本式のおしばいをやろうと思って大はりきりだったんです。それで衣しょうや小道具は、もうそろそろ準備しておこうということになって、必要な品目も書き出し、お金を一万五千円引き出して用意をしたのです。そして本当は、四日の土曜日に皆で買物に行くことに大体決めてあったのですが、杉山さんが親類の結婚式のために土曜日はどうしても学校を休まなければならないことになったので、買物は次の週にのばし、土曜日には打合わせや相談の会をやったのです。金曜日に学校で会った時、杉山さんは、わたしに一万五千円渡して、月曜日まで預ってくれと言いました。自分の家は結婚する従姉《いとこ》の一家がとまりに来て、ごたごたしているし、自分もお使いに出たりしなければならなくて気がかりだから、と言うのです。わたしは気軽く引き受けて、お金をうちに持って帰り、だれにもあけられない寄木細工の手箱に、指輪といっしょに入れてしまっておきました。このことは、わたしと杉山さんのほかはだれも知りませんでした。

　わたしは、土曜日にはふつうに学校に行き、午後は皆と楽しく、今度のおしばいの相談をしたり、本読みをしたりしました。うちへ帰って、汗によごれた下着を着かえようとした時、わたしはどきっとしました。下着の下にかくしておいた脱毛クリームの空かんが、なくなっているのです。わたしは不安になって手箱をあけてみました。するとお金も指輪のケースも、なくなっていたのです。それがだれのしわざか、わたしにはすぐわかりました。わたしは、もう何年も前に箱のあけ方をその人に教えたことがあったのです。仁木さんは、もう知ってらっしゃるでしょう？　それがだれだか――。あの人は、そういう秘密の箱などと言うものに、とても興味を持つんです。

　でも、取ったのがだれかわかったところで、わたしにはどうすることもできませんでしたわ。わたしは従兄のいどころを知らないのです。それに演劇部のことは、家の者には内しょなのですから伯母たちに訴えるわけには行きませんでした。何とかして二日の間に一万五千円こしらえなければならない——そう思うと頭が破裂しそうでした。わたしの持っている金目の物と言ったら、母からもらった指輪だけなのに、その指輪もなくなっているんですもの。

私は、どうしたらいいかわからなくなって、夕御飯も食べないで寝てしまいました。伯父や伯母は薄情ですから、わたしのことなんか気にもとめませんでしたけど、祖母は心配して、わたしの所へ来て、どうしたのかと聞いてくれました。わたしがわけを話すと、祖母は、何とかするから心配するな、と言いました。でも何とかすると言っても、祖母にはお金を貸してくれるような知り合いは、ありませんでした。お小づかいも、いつもわたしにくれてしまうし、衣食住の心配もないので、まとまったお金は持っていなかったのです。祖母は、しばらく考えていましたが、物置き部屋にしまってある、古い茶つぼを売ることにしようと言い出しました。わたしは、そんなつぼなんかが、右から左に売れるものかどうか心配でしたけれど、祖母は、医院の二号室に入院している平坂さんと言う人が、古い美術コットウ品を売買しているそうだから、頼んでみようと言って手紙を書きました」

「ユリさんは、その手紙を読んだのですか？」

その時初めて兄が口をはさんだ。ユリさんはうなずいた。

「祖母が見せてくれました。手紙には、なぜ茶つぼを売りたいかと言うことは書いてありませんでしたが、これこれの品を一万五千円で売りたいこと、お金は現金か小切手で、品物と引きかえに、すぐ渡して欲しいこと、取引の場所は防空壕で、時間は日曜日の午後二時ということにしたいが、もし来てくれることに承知なら、二号室の窓に、何か目じるしになる物をさげてもらいたいこと、なお、この手紙の内容は決してだれにも知らせないでほしいこと、などが、読みにくいつづけ字で書いてありました。封筒は宛名だけで、こっちの名は書いてありませんでした。祖母は平坂さんの名をよく知らなかったので、こっそり医院の二階まで行って、ドアの名札を見て来たのです。祖母が手紙を出しに行ったのは、土曜日の夜の九時ごろでした。祖母は、あくる日のお昼頃には、きっと着くからと言っていました」

「なるほど、それから？」

「日曜日のお昼前になると、祖母は庭に出たりはいったりしていましたが、お昼ごろになると、わたしの所にとんで来て、二号室の窓にネクタイがさがったと言って知らせてくれました。祖母は、あのつぼは、ふつうに売れば二万五千円はするのだから、一万五千なら、きっと売れると言って、もう安心しきっているようでした。二時少し前に、祖母は外出着に着かえてわたしの所にやって来て、『これから物置き部屋に行ってつぼを出して、防空壕へ行って来るから』と言いました。わたしは、頭が痛かったので、そのまま寝ていました。時間がたつのが、ひどくおそく思われました。二時半になっても、三時になっても、祖母は帰って来ませんでした。わたしは心配になって来ました。きっと防空壕での取引が、うまくまとまらなかったのだ、祖母は、どこかの古道具屋につぼを持って行ったのだと、自分で自分に説明して聞かせるよりありませんでした。ところが夕方になって、祖母と平坂という人が、ふたりとも行方不明だと言う話がつたわって来ました。わたしは、むしょうに不安で、その晩は全然眠れませんでした。月曜の朝になっても祖母が帰らないので、わたしは、もう気が狂うかと思うほどでした。月曜には杉山さんに、お金を渡さなければならなかったのです。わたしは、気分が悪いから学校を休むと言って電話をかけてもらいましたが、放課後には杉山さんが見舞に来るにちがいないと思うと、いても立ってもいられなくなりました。あれほど皆で一生懸命ためたお金が、半分以上も、ごっそりなくなってしまったんですもの。わたしには親も兄弟もいないから、友だちの友情だけが、わたしを支える唯一のものなのです。お金がなくなったなんて、のめのめと言えるものでは、ありません。わたしは、死んでしまいたいと思いました。何年も前に、昆虫標本を作るのだと言って買って来た青酸カリを飲もうとしました。その時、悦子さんがとび込んで来て、指輪を返してくださったのです。わたしは夢かと思いました。指輪だけでも戻って来たら、お金のことは何とかなる――。そう思って、悦子さんに帰っていただいてから、大いそぎで服を着て、うちをとび出しました。あとで考えると、その時、うちの中は変にしいんとしていました。祖母の死体がみつかって、皆、防空壕の方へ行っていたのですね。でもわたしは、その時には祖母の身を案じる余裕はありませんでした。学校の近くの質屋にはいって、指輪を見せて、一万五千円貸してくれるように頼みました。身分証明書か何かがいるのかと思って、びくびくしていたのですが、店の主人は、わたしの指輪を見ると、一も二もなく言っただけのお金を出してくれました。わたしは、学校へ行って、休み時間に杉山さんにお金を渡しました。『気分が悪いから休もうと思ったんだけど、これが気になって出て来たのよ』と彼女には言っておきました。それから間もなく、うちから電話があって、祖母が死体になって発見されたと言うことを聞いたのです」

「では指輪はそのままになっているんですね。流しちまうつもりなんですか?」

「仕方がないのです。わたしには受け出す力なんてありませんもの。あの時は、ああするよりほかに、方法がなかったんです」

「それはまあ、そうでしょうが、あの指輪が一万五千円は無茶だ。僕の友人の親父に宝石商をやっているのがいるから、相談して、何とかしてあげましょう。手放さねばならないにしても、適正な価格で手放せるようにね。それから最後に一つ、うかがいたいんだが、あなたは日曜日の夜、心配で一睡もしなかったと言いましたね。そのあいだに、何か人の出はいりするような物音を聞かなかったですか？」

ユリさんは、言うだけのことを言ってしまって胸がさっぱりしたのか、これまでに見せたことのない素直な表情になって、しばらく考えていたが、

「そう言えば、だれか忍び足で廊下を歩くような音を聞いたかもしれません。でも、はっきりしたことはわからないのです。わたし、今にも祖母が帰るか、帰るかと、それぱかり思いつめていましたから、そら耳だったかもしれませんもの」

「そうですね。どうも長いことありがとう。でもユリさん。あなたがもっと早く、これだけの話をしてくれたら、僕もずいぶん手数がはぶけたし、あなただって、ひとりでくよくよしないで、よかったでしょうにね」

「だってわたし、あなたが、お金を盗んだ人間が祖母殺しの犯人だと思っておしまいになるんじゃないかと思ったんですもの。あんなひどいことをしたのはだれだか知り

ませんけれど、あの人じゃありませんわ、絶対に」

そう言うユリさんのほおは、ぽっと紅色にそまっていた。

私たちは、ユリさんと連れ立って帰った。ただ、はいる玄関が違うだけだった。

「あら野田さん。具合はもういいの？」

私は、待合室のいすにかけて、青い顔をしている野田看護婦に目を留めて呼びかけた。彼女は、のろのろと顔を上げて、私と兄とをまるで初めて見る人間ででもあるかのように見上げ、見おろした。それから生気のない、かすれた声でつぶやいた。

「やっと少しよくなったと思ったのに、また変になって来たわ。気が遠くなりそう」

「無理に起きたからいけないんでしょう？　横になっていればいいのに」

「そうじゃないの。怖いわ、あたし」

野田看護婦は、両手で顔をおおった。

「何かあったんですか？　野田さん」

兄が、さっとほおを緊張させた。野田さんは、顔をおおったままでうなずいて、

「桐野の奥さんが殺されかけたの。いのちは取り止めるらしいけど」

「どうして、いつ？」

「あたしね。いくらか気分がよくなったので起きて、そこらを掃いたりしていたの。

その方が気がまぎれていいかと思ったのよ。そのうちに四時近くなったから、検温に二階へ上って、桐野さんの所へ行ったの。そうしたらあの人、ベッドの上で、ひどくカンシャクを起しているんでしょう。おかあさんが、ふとんのエリをかけ代えて、ふとん部屋へ持って行ったきり戻って来ないって言うのよ。それであたし、ふとん部屋へ行ってみたら、だれもいないの。薄気味悪くなって、何の気なしに八号室の戸をあけたら、桐野の奥さんが――」

「奥さんがどうしたの？」

「あお向けに倒れていたのよ。そして、まあ、その体に何がのっかってたと思う？」

「何がって――」

「チミよ。ネコのチミが奥さんの胸の上にうずくまって、青い目で、あたしの方をにらんでいるじゃありませんの。あたし、夢中で階段をかけおりたの。そしたら階段の下に人見さんが立って、こっちを見上げていたから、あたし『桐野の奥さんが殺されてる！』ってどなっちゃったの。そしたら人見さん、『先生やおうちのかたに知らせて』って言うなり、二階へかけ上って行ったわ。あたし、はなれへとんで行ったの。そしたら皆かけて来たわ。皆は二階へ上ってったけど、あたしは、ずっとここにいるの。目まいがして立てないんですもの」

「で、死んでるの？　桐野の奥さん」

「生き返ったらしいわ。さっき人見さんが水を取りにかけおりて来て、先生と英一さんが人工呼吸をしたので息を吹き返したって言ったわ」

「行ってみよう。悦子」

やかましい音を立てないように注意しながら、それでも私たちは走るように階段を上って行った。五号室のドアは半びらきになって、人見看護婦、兼彦氏、敏枝夫人、それに英一さんの姿が見えた。ベッドの上には、片足をギブスで巻いた桐野青年が、おびえた大きな目で坐っていた。折よく、人見看護婦が室から出て来たので、私たちは様子を尋ねてみた。

「うしろから、いきなりのどをしめられたんですって。わたしが見た時は、サロン・エプロンをのどに巻きつけられて、八号室に倒れていたんです。自分では、だれにやられたかわからないんですって。もうちょっとおそかったら間に合わなかったところですわ」

「二階には、その時だれがいたんですか？」

「桐野さん親子だけですわ。このところ、新しい入院はお断りしていますし、前にいたかたたちは、もう退院してしまいましたもの」

「うちの人たちは？」

兄は声をひそめて、ちらと五号室の方を見やった。

「よく知りませんけど、先生と奥さんは茶の間で、きょうの死体の話をしてらっしゃったようです。英一さんは、自分の部屋で本を読んでいたとか――。ちょっとごめんなさい。わたし用がありますから」

人見さんは、私たちを押しのけるようにして下へおりて行った。

「くわしいアリバイを調べる必要があるな。しかし、今はそんなことをしていられないから、八号室でも見て来ようか？」

八号室は、ドアがあけ放されたままだった。私たちは室のすみずみまで検査して回ったが、手がかりらしい物は、何もみつからなかった。ただ、入口に近い床の上に、しわくちゃになったサロン・エプロンが一枚、投げ出されたままになっていた。結び目を歯で嚙み裂いたものらしく、一、二ヵ所、ネズミの食ったような穴があいていた。私の背には、いつか汗がじとじとにじみ出ていた。窓の外のイチョウの木が、うまく西日をさえぎるので、室内は日は少しも当らないのだが、窓が全部閉め切られているので、猛烈なむし暑さだった。ふだんなら働き者の野田看護婦が、空室も残らず窓をあけはなち、きれいに掃除をするのだろうが、けさは彼女は寝ていたので掃く者がいなかったとみえ、床にはうっすりとほこりがつもっていた。エプロンの落ちていたあたりの床は、ふいたようにきれいになっているのは、桐野夫人が倒れていたのと、人々がどやどや歩き回ったためであろう。

「何にもないわね、にいさん」

と声をかけようとして私ははっとした。兄は室の中央につっ立ったまま、百里も前方を見るような目をしていた。兄がこんなふうに、われを忘れて考えに沈むのは今始まったことではないのだが、今兄の目には、ふだんとは全然ちがった、はりつめたような一種の鬼気があった。私は、わけもなくぞっと背筋に寒さを感じて、立ち上りざま、兄の腕をつかんで揺すぶった。

「どうしたのよ、にいさん。部屋へ帰りましょうよ」

兄は、またたきを一つすると、澄んだ茶色のひとみで私の顔をまじまじと見た。そして、もの悲しげな当惑した微笑と一しょにささやいた。

「僕にはわかった」

「何がわかったの？」

兄は答えなかった。黙って室を出、私たちの七号室にはいると、レターペーパーを一枚取って、何か書いた。手紙に封をし、切手をはって立ち上った時、兄はもう平常の兄にかえっていた。

階段をおり切ると、兄は、あたりを見まわして言った。

「僕、この手紙をポストに入れて来る。帰って来たら、悦子にすっかり話して聞かせてやるよ」

「すっかりって、何を?」

「この五日間に行われた三つの殺人のなぞを全部さ。防空壕で話そうか。壕は封印されていてはいれないが、入口の所で待っておいで」

兄の声は低かったし、あたりに人の姿は見えなかった。それにもかかわらず私には、兄の態度が、いつになく軽そつに思われてならなかった。だれが、どこで聞いているかもわからないのに、こんなことを口にするなんて――。第一、事件のなぞを解き明かすのに、あのエンギでもない防空壕へなど行かねばならない理由がどこにあるのだ? 二階には、ちゃんと私たちの部屋があるではないか。

しかし、私は抗議しようとは思わなかった。えたいの知れない風が、すうすうと体の中を吹き過ぎるような薄気味悪さに捕えられていた私は、何でもいいから、この兄にしがみついて、兄の言うとおりにせずにはいられない気持だった。

防空壕の入口にひとりで立っていると、家永看護婦の恐ろしい死顔が目の前に見える気がして、私はもう少しで逃げ出すところだった。実際、もう我慢がならないと言う瞬間に兄が姿を現わしてくれなかったら、私は幽霊のような顔をして自分の部屋へ逃げ帰っていたかもしれない。

兄は、私にほほえみながら、ゆっくりと近づいて来た。そして、はいれないようにツナをはり渡してある壕の入口に歩み寄って、むかって左の柱をたんねんにあらためた。

「釘が一本打ってある。やはり僕の考えたとおりだ」

「何が？」

「家永看護婦を刺したのは、やはりチミだったんだよ」

「そんなばかな」

「けさ僕たちは、部屋を防空壕に見立てて、彼女が刺された時の状況を、考えつくかぎり再現してみたね。ところが僕等は一つ大きな誤りを犯していた。僕等は、彼女が刺された時、壁のくぼみの方を向いて立っていたものとばかり考えていた。ところが実は、彼女はくぼみに背を向けて立っていたんだ」

「そんなはずはないわ。彼女は背中の方から刺されたのだし、彼女がくぼみに背を向けていたとしたら、血の落ちていた点と壁との間に加害者がいたわけだけど、あの狭い所に人間がふたりもいられたなんて考えられないわ」

「だから加害者はチミなんだよ。壁のくぼみの中にいたチミが、彼女の肩を刺したんだ。防空壕の中には彼女とチミ以外、だれもいはしなかったんだよ。——だが、もっと順序を追って話そう。平坂氏の殺害事件から」

「私たちは平坂氏が殺されたものと決め込んでいたけれど、あの人は、ほんとうに死んだのかしら？　私、なんだか疑わしい気がして来た」

「きょう、その目で平坂氏の死体を見て来たのに？」

「死体？　じゃあの二つの死体のどちらかが平坂氏だと言うの？　どっちが？」

「最初に見た方」

「だってあの死体は、日に焼けていたわよ。私は平坂氏を失踪直前に見ておぼえているけれど、あの人はもっと生白かったわ」

「だが清子夫人は言ったじゃないか。『夫は半日海水浴に行くと、赤黒く日やけするたちだった』って。人工的に強い紫外線をあてて、日焼けさせることも必ずしも不可能だったとは思われない。わかるかい？　人工の紫外線——」

「ああ」

私は思い当った。

「太陽灯？」

「そう。箱崎医院の診察室には大きな太陽灯がある。それから手術室との境にはドアがあるね。犯人はあの戸口まで太陽灯を移動させ、手術室に置いた平坂氏の体に紫外線をあてたのだ」

「でも死体に紫外線をあてると、あんなふうに日にやけるもの？」

「死体じゃないよ。平坂氏は、その時はまだ生きていたのだ。『殺されてのちに水に投げ込まれたものではない』と解剖に当った医師が言ってたじゃないか。平坂氏は、意識を失って川に投げ込まれたのだ」

「だれなの？　そんな恐ろしい事をしたのは」

「兼彦院長さ」

そう兄が言った時だった。私は背後にかすかな物音を聞いた。木の葉がそよぐほどの、あるかなきかの音だったが、決してそら耳ではなかった。小高く土の盛り上った防空壕のかげに、だれかが身をひそめているのだ。私の全身を冷たい戦りつが走った。私たちは、ねらわれている。おそらくは、猛毒を塗ったナイフで。

兄は、つと腕をのばして、かばうように私の肩を抱いた。そして変らぬ声音で話し続けた。

「僕はさっき、この事件の真相を手紙に書いて、友だちあてに出して来た。友だちは秘密を永久に守ってくれるはずだが、僕と悦子の身に変ったことが起ったら、すぐあの手紙を警察にとどけてくれることになっているんだ。ところで、どこまで話したっけ――」

「犯人は兼彦氏だと言ったのよ。にいさんは、死体を見に行った時、それをさとったの？」

「いや、あの時はまだ僕は何もわかってはいなかった。僕が、犯人がだれであるかを知ったのは、桐野夫人が倒れていたと言う八号室を調べて見た時だ。悦子はおぼえているだろうね？　最初あの八号室は、僕等が貸してもらうことになっていた。ところが引っ越して来てみると室は隣の七号室に変えられていた。兼彦氏の説明では、八号室は西日がきつくて、夏は、やり切れないという話だった。なるほど八号室は西に窓がある。僕は、兼彦氏が単なる親切からそのように取り計らってくれたものと思って、今まで少しの疑念も抱かなかった。ところが、さっき八号室にはいってみると、あの室には西日など少しも当らないことがわかった。この防空壕のそばに生えている四本のイチョウの木のおかげで、おそらくあの部屋は日没まで、ずっと日が当らないにちがいない。では何のために僕等は七号室に変えられたのか？　理由はただ一つしか考えつけない。だがその一つは、動かしがたいほど有力なものだった。すなわち、八号室は、防空壕を真下に見下せる位置にあるのだ。抜穴や防空壕を利用して何か企んだ場合、八号室に人がいるということは非常に危険なのだ。だが七号室ならば壕を見下すことはまず不可能だ。

この事実に気づいた時、僕ははっきり、犯人は兼彦氏にちがいないと確信した。犯人の目星がついてしまうと、これまで解けなかった多くのなぞが自然に解けて来た。よく、オミヤゲ屋などで売っている、組木細工のパズルのおもちゃが、カギの部分の木を一つはずすと、全体がぐざぐざとゆるんで、ひとりでにほどけてしまう——あれと同じようなものさ。では最初から説明しようね。兼彦氏は、ある理由から平坂氏の殺害を思い立った。それもただ殺すだけではなく、死体を処分してしまうことが必要だった。彼は家永看護婦に相談し犯行の計画を進めた。死体を処分するには、平坂氏が失踪したと見せかけねばならない。だが単なる失踪では警察にとどけられて、捜査が開始される。それを防ぐために、兼彦氏は名案を考え出した。家永看護婦と平坂氏の声の質が似ていることを利用した、例のテープ・レコーダーのトリックだ。平坂氏自身が商用で旅行に出たと言ってよこせば、だれも警察に捜査願を出そうなどとは考えないからね。兼彦氏は、何かのひょうしにあの抜穴を発見して知っていたにちがいない。彼はおそらく、機会をみて平坂氏を防空壕にさそい出し殺す計画を立てていたにちがいない。するとここに、思いもかけなかったチャンスが到来した。桑田のおばあさんが茶つぼの取引で、平坂氏に手紙を出したのだ。家永看護婦がその手紙を途中でおさえて開封し、内容を兼彦氏に報告した。家永看護婦は手紙の筆跡をよくは覚えていないと言ったが、あれはウソで、彼女は老夫人の筆跡を知って何かの不安を感じて開封してみたのだろう。

兼彦氏は、すぐこのチャンスを利用することに決心した。桑田老夫人が、平坂氏との会見の場所に防空壕を指定したのは、少し偶然過ぎると思うかもしれないが、よく考えればそれなりの理由がないわけではない。なぜなら、この家の中で内しょごとを行ない得る場所と言ったら、防空壕を除いてはまずないのだからね。老夫人があの取引を秘密にしたがっていることは手紙から十分読み取ることができた。老夫人が、人に見とがめられるのを避けるため、ぎりぎりの時まで茶つぼを物置き部屋に置いたままにしておくだろうということは想像にかたくない。兼彦氏は、老夫人を物置き部屋に閉じ込め、カギをかけた」

「待ってよ、にいさん。あの時兼彦氏は、たしか診察室にいたわよ。わたしがネコ探しから帰って来た時も、やっぱりちゃんと診察室にいたわ」

「診察室に、窓という物がないと思ってるのかい？　兼彦氏はもちろん窓から出たのさ。そして老夫人を閉じ込めたあと壕へ行き、丁度そこへやって来た平坂氏に麻酔剤をかがせるかどうかして、意識を失わせ抜穴の中に入れた。これで第一段の仕事は完了したかに見えた。ところがそこにひょっこりと、桑田老夫人が姿を表わした。兼彦氏の計画では、老夫人は物置き部屋に監禁されているはずだった。事実あの時、悦子がネコを探して歩かなかったら老夫人は幾時間でも物置き部屋にはいっていたにちがいない。

これは悦子の落度ではないのだから、悦子が気に病むことはいらないが、老夫人は不幸にも兼彦氏のしていることを見てしまった。兼彦氏は老夫人を殺すよりなかった。老夫人の死体を抜穴に投げ込んだ時、壕の中をうろついていた子ネコのチミが、抜穴の中にまぎれ込んでしまったことは、さすがの兼彦氏も気づかなかったのだろう。兼彦氏は、ふたたび窓から診察室に戻った。丁度日盛りで、患者の来ない時刻だったが、もし万一患者が診察を受けにやって来たら、家永看護婦が適当にあしらって待たせておく手はずでも決めてあったものと僕は思う。やがて平坂氏の失踪と、老夫人の不在が発見され大騒ぎになった。夜の八時ごろ家永看護婦はフロへ行くと言って、ニセ電話をかけてよこし、ドライヴ・クラブから自動車を借りて、どこかへ車をかくした。一方医院では、清子夫人が帰って行ったあと、交通事故の大野嬢が入れ代わりに二号室に入院した。これも今になって考えれば妙な話なのだ。前の人の体の温《ぬく》もりが残っていそうな二号室に入れなくたって、三号室と八号室と空室が二つもあったのだからね。だが兼彦氏には、この二つの室は空室にしておく必要があったことは先に言ったとおりだ。

家の者たちは、やがて眠りについた。あの夜人見・野田両看護婦は異常に深く眠ったと言っているが、おそらくは家永看護婦が薬を用いてふたりを眠らせたものにちがいない。敏枝夫人が、幸子ちゃんをおしっこに連れて行かなかったのも同じ理由だ。夫人は、帰って来ない母親のことを案じていたにもかかわらず、熟睡して、かたわらに寝ていた夫が起きて行くのに気づかなかった。

兼彦氏と家永看護婦は、意識を失った平坂氏の体を手術室に運び、髪をかり、胸毛をそるか焼き取るかし、歯を強い酸で腐蝕させて虫歯を作った。桐野夫人が聞いた『こっちの一本は……』うんぬんと言うことばは、平坂氏の歯のことを意味していたのだ。ふたりは、こういった仕事の間中、平坂氏の体に太陽灯をかけるのを忘れなかった。おそらく自分たちは、白衣に身を包み、顔や手に紫外線よけクリームでも塗っていたのだろう。ふたりは、平坂氏に労働者風の服装をさせ、アルコール性飲料を流し込んだ。それから兼彦氏は、抜穴を通って出て行き、用意の自動車を坂の下まで運転して来た。いろんな点から考えて、自動車は、坂のすぐ近くにかくされていたものにちがいない。悦子は知るまいが、あの坂の下の道路を右手へ百メートルばかり行くと、ガレージのついた、きれいな洋風住宅がある。米国人らしい表札が出ているが、家族は避暑にでも行ったものか、門が閉まったままになっているんだ。これは全くの想像だけれども、家永看護婦は、あの門をこじあけて、あきガレージを借用したのではないかと思う。自動車を目立たぬように置いておくには、あれ以上の場所はないからね。

兼彦氏はもう一度坂をのぼって医院に戻り、平坂氏の体を抜穴から運び出した。勝福寺の住職は耳が遠いから、たとえ目をさましていたとしても、自分の家の床下を人が出入りしたことなど気づかなかったにちがいない。兼彦氏は、坂の上り下りには、もちろん足音を忍ばせたが、平坂氏を背負っておりる時だけは、重い荷物のために靴がきしんで音をたてたのだ。吉川閣下が坂をおりる足音だけを聞いたのは、そのためだと思う。それから、抜穴を通ると服が泥だらけになるが、多分兼彦氏は手術用の白衣に体を包んで通り、あと家永看護婦に、医院専用の洗たく機で洗わせたのだろう。あの連中は、しょっちゅう白衣を洗たくしているから、怪しまれる気づかいはないわけだ。

兼彦氏は、多摩川べりまで自動車を走らせると、石で平坂氏の顔や手を傷つけて川へ投げ込んだ。茶つぼや、平坂氏の着ていた着物、髪の毛、家永看護婦が男装するに用いた衣類、桑田老夫人の手紙等、手がかりになる物は一まとめにして、川に沈めたものと思うね。

兼彦氏は、その後適当な時機を見て、桑田老夫人の捜査願を警察に出し、抜穴を発見させるつもりでいたのだろうが、僕等がネコのことから抜穴の存在を発見してしまったので、二回目の電話をかけてよこした家永看護婦はずいぶんあわてたことと思う。だが事態は兼彦氏の意図したとおり、平坂氏を老夫人殺害の容疑者として追求する方向に発展した。ところがここに、とんでもない証人が現われた。桐野夫人だ。桐野夫人が深夜、手術室のドア越しに聞いたと言う一言は、当然僕等の疑惑を家永看護婦に向けさせた」

「そこで兼彦氏が家永さんを殺したというの？　だってあの時兼彦氏は私たちと一しょに……」

「まあお聞きよ。僕は、桐野夫人の証言がなかったとしても家永看護婦は早晩殺されたにちがいないと思う。彼女は手に入れた秘密をタネに兼彦氏をゆすることを考えていたにちがいないし、兼彦氏の方では彼女の殺害を最初から計画の中に入れていた。ただ桐野夫人の証言は、その計画の実行を早めたのだ。悦子は、おぼえているかしら？　ナシの木の下でのびていた黄色いネコを」

「おぼえてるわよ。ちょうどチミくらいな子ネコだったわね。あれが殺人と何か関係があるの？」

「そうなんだ。だが家永看護婦の死の秘密から先に話そう。その方が説明が楽だからね。

　家永看護婦が刺された時、壕の中には彼女とチミのほかだれもいなかった。彼女は壁のくぼみに背を向けて立っていた。おそらくは兼彦氏の来るのを待っていたのだろう。その時、薄暗い仕切板の一角から、突然細いナイフが飛び出して彼女の右肩を刺したのだ」

「ナイフが飛び出した？　それはどう言う意味なの？」

「文字通りの意味さ。巧妙なしかけだったにちがいない。僕の想像では、多分しっかりした金属製のパイプにスプリングを入れて、おさえ金がはずれると同時に、スプリングがナイフをはじき出すようにしてあったのではないかと思う」

「だって、わたしたちは彼女が刺された直後に壕の中におりてみたけど、そんなパイプなんか何もなかったじゃないの」

「あの時はすでに取り去られたあとだったのさ。パイプは、壕の入口の向かって左の柱――つまりこの柱の内側に取りつけられていたんだ。柱に打った釘は、はさみねじか何かでしめつけてあったんだ。家永看護婦の悲鳴でかけつけた時、兼彦氏は手早くそのねじをはずして、パイプをズボンのポケットに押し込んだんだ」

「だって、いつそんな暇があった？　そばには、にいさんもわたしもいたのよ」

「兼彦氏は看護婦の足もとに――つまり壕の入口の所にまわりながら、だれが頭を持つか、足を持つかなんて、変なことを言ってたじゃないか。あの場合、そんなことは問題じゃないはずなんだ。だって僕はすでに彼女の上半身をかかえているんだからね。兼彦氏は、そんなことを言いながら、僕らに見えないように腕をうしろに回してパイプを取りはずしたんだ。腕のいい外科医として長年名声を保って来た事実を見ても、彼は決して不器用な人間ではないはずだし、僕と悦子は、瀕死の看護婦の方に気をとられていたからね。

　そのようにしてパイプは、かくすことができたが、スプリングをおさえていた金だけは、ナイフが発射されると同時にはじけ飛んで、家永看護婦の取り落したハンドバッグのそばに落ちた。それが僕等の見た曲った針金なのだ。あのしゃもじ型に曲った所におもしをのせておいて、おもしが取りのけられると同時に、テコの理でスプリングのおさえがはずれるようになっていたのだと思う」

「それじゃ、そのおもしと言うのは何だったの？　まさか家永さんのハンドバッグとは思えないし——。それに第一、だれがそのおもしを取りのけたの？」

「だから言ってるじゃないか、チミだよ。チミがおもしを取りのけた、と言うよりむしろ、あのネコ自身が問題のおもしだったのだ。チミは、ローソク入れのくぼみの中で、あの針金の曲った部分を体の下に敷いて眠っていた。壕の中は暗いし、チミは黒ネコだから、家永看護婦はそんな所にネコが寝ているとは気づかなかったのだ。チミが目をさまして起きあがった瞬間に、おさえの針金がはね飛んで、ナイフが……」

「でも……でも、にいさん」

「わかっているよ。そんなに都合よくネコが眠ったり目をさましたりするものか、と言うんだろう？　悦子は兼彦氏が外科医だということを忘れたらしいね。患者を、必要に応じて眠らせ、およそ予定した時間に目ざめさせる——。ネコを一定時間眠らせる仕事も、兼彦氏にとっては、それほどむつかしいことではなかったのだろう。ただ残念なことには、兼彦氏は獣医ではないし、チミは人間の患者ではない。どれだけの量の麻酔剤が、どれだけの時間ネコを眠らせ得るか？　それを確かめるには、実験してみるのが一番てっとり早いが、チミ自身を用いて実験することは、ネコの体が薬に慣れてしまうおそれがある。そこで彼は、チミと同じくらいの大きさのネコを探して実験をした。その実験材料の一匹を僕らがゆりさましてしまったのだ。

悦子は、けさだったか、犯人は女だと言ったね。毒を塗ったナイフを用いたのは、自分の攻撃力に自信がなかったからだって――。悦子の推理は半ば以上正しかった。あの場合は、ナイフがうまく急所にあたるなどと言う可能性はまず考えられないからね。兼彦氏の機械的トリックは成功した。だがここに一つ、彼の予想外だったのは、抜穴の口に釘がさされていたことだ。そのために、彼が用意しておいた、犯人は抜穴から逃げたという説はだめになってしまったのだ。

最後に、きょうの桐野夫人の殺人未遂事件だが、兼彦氏は、桐野夫人が彼にとって決定的な打撃となるような事実を思い出すのを恐れて彼女を殺してしまおうとしたのだろうが、かえって結果はまずいことになった。警察は、きょうのことから彼に嫌疑の目を向けるようになるのではないだろうか？　なぜなら彼女が手術室のひそひそ話の件を打ちあけたのは、砧警部補と、峰岸老警部、それに僕と悦子の四人をのぞくと、兼彦氏ただひとりになってしまうからだ。もっとも立ち聞きと言うこともあるし、この一事だけで兼彦氏を犯人とすることはできないだろうが――」

兄のことばは、今はほとんど私の耳にはいってはいなかった。私の心の中には真黒なうずが、ぐるぐると回っていた。時々、そのうずの中から、幼い幸子ちゃんの顔が浮かんでは消えた。

「にいさん」

と、私はかすれ声で呼びかけた。

「にいさんは兼彦氏をどうするつもり？　警察に訴えるの？」

「どうしたらいいと思う？　悦子」

「訴えるのはだめだわ。この犯罪が明るみに出たら、箱崎さんの家庭は破滅よ、奥さんはきっと気がちがうわ。そして幸子ちゃんは、一生のろわれた生き方しか知らない女になってしまうわ」

「では悦子は、このまま見のがしにしろと言うんだね。三つの殺人と一つの殺人未遂を」

「兼彦氏に同情しろって言うんじゃないわ。だけど、ここの一家のことを考えると、告訴することは、もっと大きな罪悪を生むような気がするのよ。私の言うこと、まちがってる？　にいさん」

「僕だってそれはわかる。僕は最初から訴える気はなかったし、今もない。だが僕等が黙っていても、いずれは警察も気づくだろう。さまざまな細かい事実が真相をさし示しているからね」

「にいさんは一番かんじんなことを、まだ話してくれていなかったわね。兼彦氏が何のために平坂氏を殺したかと言う、動機を」

「その点は、悦子自身で考えてごらん。僕の知っている事実は、今は一つ残らず悦子も知っているはずなんだから。ただ、一つだけヒントをやろうか。いいかい？　僕等がはじめてこの家に来たのは、六月二十七日の土曜日、平坂氏の入院した日だった。あの日には兼彦氏は、壕を見おろす八号室を僕等に貸してくれるつもりだった。ところが七月四日に越して来た時には、僕等の室は七号室に変えられていた。いったいこの一週間に何ごとが起ったというのか？」

兄がそこまで言った時だった。表の方でさわがしい声が聞えた。私たちは、はじかれたように声のする方へ走って行った。あたりは、よいやみに包まれ、門には、あかりがともっていた。その門をかけ込んで来たのは、顔見知りの炭屋の若主人だった。

「ああ、看護婦さん」

と炭屋は、野田さんをつかまえるなり、興奮した早口で言った。

「こちらの先生がひかれなさったんですよ。電車に気づかないで踏切を渡ろうとしてね。今運んで来るから、うちの人にそう言ってください」

私は、はっとして兄の横顔を見上げた。兄は黙って、ちゅうを見つめていた。

私の目の前を、人々が映画のようにあわただしく行き来した。不意に、ざわめきが近づき、戸板が運び込まれた。人々の体の間から、血まみれの男の頭が見えた。私は手近の柱につかまらなければ立っていられないほど、ひざがしらがかくした。これまで、いくつもの死体を見ても、震えたことなどは一度もなかったのに。

兼彦氏は、手術室に運び込まれた。英一さんがふたりの看護婦と共に室にはいって戸を閉めた。外に残った敏枝夫人は、夫を運んで来てくれた商店街の連中に囲まれながら、おろおろと同じことばを繰り返していた。

「ついさっき出かけたとこでしたの。ちょっととどけなければならないことがあったものですから交番へ寄って、それから葬儀屋に打ち合せしなおしに行くと言ってね。――あんまりいやなことばかり続いたので、神経が疲れていたんですわ。きっと」

手術室のドアが細目にあいて、英一さんの青白くこわばった顔がのぞいた。彼は母を手まねきして、一言二言言うと、かかえるように中へ連れ込んだ。それが何を意味するかは、やや離れた位置から見守っていた私たちにも明かだった。私は、つま先立ちしてささやいた。

「にいさん。わたしたちのしたこと、これでよかったの？」

「良いも悪いもない。兼彦氏の意志で結末をつけてもらうよりほか、僕たちとしては、取るべき道はなかったんだ」

「じゃあ、さっきの話は兼彦氏に聞かせるのが目的だったの？」

「悦子に聞かせるためなら、防空壕へなんか行く必要ないじゃないか、僕が犯罪の真相を話して聞かせると言った時、兼彦氏は階段のかげにいたんだ」

「あの人は、わたしたちの話を聞きながら、ふたりを殺してしまおうとは考えなかったかしら？」

「当然考えたろうね。そのために僕はこいつを用意した」

兄は、ズボンのポケットから何か取り出した。それは、さっき兄がポストに入れて来ると言った、白い角封筒だった。私は目を見はった。

「手紙、出さなかったの？」

「手紙なんか、最初から書きゃしなかったんだ。いたずら書きだけさ」

いいはなれからのドアが、音を立てて開いた。ちょこちょこかけ込んで来たのは幸子ちゃんだった。寝かしつけられるところを逃げて来たらしく、花模様のパジャマに、赤いビロードのスリッパを片っぽだけはいていた。

「おかあちゃま、おかあちゃまあ」

彼女は、おびえた目できょときょとあたりを見まわしながら呼んだ。その体を、兄の腕が、うしろから抱き上げた。

「幸子ちゃん、僕たちとお星様を見に行こうよ」

スリッパがぽとりと落ちた。彼女は、ちょっとあばれたが、すぐおとなしくなって兄の胸に頭をもたせ、何か問うように、その目を見上げた。

彼女が小さな寝息を立て始めるまで、私たちは、夜の庭を幾度でも行っては戻った。

琴座のヴェーガが、静かにまたたいていた。

エピローグ

翌日の昼前、兄に宛てて一通の封書がとどいた。差出人は見おぼえのない名で、封筒の表書きは一画一画を活字のように引いた、ぎごちない書体だったが、中身は打ってかわったたっしゃな走り書きだった。兄は、一枚読み終るごとに、レターペーパーをはがして私のひざに置いた。文面は、次のとおりだった。

仁木君

殺人者である私が、自分を破滅させた仇敵とも言うべき君にこんなものを書き残すのは、おかしな話かも知れません。しかし、死を覚悟した今、私はたれかひとりくらいの人間には、事の真相を語り明かしたい衝動に駆られています。そしてその相手は、君をおいて外にはないのです。

卒直に言うと、私は君を憎んでいます。君さえこの家に現われて来なかったら、私の計画はもっと順調に運んでいたろうにと、未練な感情も一方では湧いて来ます。しかしその一方、私は君に感謝しなければならないことを知っていますし、事実感謝もしているのです。君は当然警察に駆け込むべきところを、そうはしないで、妹さんをだしに使って私に警告を与えてくれましたね。おそらくそれは、私に対する好意からではなく、何も知らない妻子への憐れみの情からとられた処置にはちがいありませんが、私はその点で君にお礼を言います。

君はすでに、私が平坂氏を殺さねばならなかった理由を感づいていることと思いますが、かんたんに記しますと、私が彼を殺す気持を持ったのは、六月二十九日の午後のことでした。

その日私は、家永・野田の二人の看護婦に手伝わせて、彼の盲腸の手術をおこないました。私は、かねてから彼の症状を慢性虫垂炎と診断し手術をすすめていたのですが、いざメスを取ってみた時、自分が恐ろしい誤診をしていたことを知って愕然としたのです。彼の病気は慢性虫垂炎などではなく、ガンに似た悪性腫物だったのでした。しかも、私の誤診のために症状はすでに手遅れで、たとえ手術をして患部を除去しても近い将来に再発し、ついには死をまぬがれ得ないことは明かでした。ガンの種類は早期発見が何より肝要でありながら、初期の自覚症状にとぼしいため、ともすると発見が遅れて手遅れになりやすいことは、君も素人向きの解説記事等を読んでいられることでしょう。

腕ききの外科医として、診断のたしかさと手術の慎重さに定評のあった私が、どうしてこんな誤りを犯したものか、私自身にもわかりません。ただ彼の肉腫の位置が非常に珍しい部分であったことが不運と言う外はないのですが、専門的な説明をしている余裕は今はありません。小論文にでもまとめて書き残しておけたら、将来英一が外科医として立つ時、どんなにか役立つにちがいないのですが。

とりあえず手術はすませたものの、私の困惑は、たとえようもありませんでした。平坂氏が自分の体の実状を知ったら、どうするだろう？　私の誤診を人々にふれて歩くだろうか？　そんなことをされたら、私が営々として築きあげた名声は、だいなしになってしまいます。いやそれどころか彼は、もっと直接的な手段――すなわち、私自身の生命を奪い死の道づれにすることによって復讐しようとするかもしれません。君は平坂氏という人物を知らないから、あるいは私の思いすごしだと笑うかもしれないが、彼の性格を知る者にとって、この危惧は決して思いすごしなどでは、なかったのです。彼は実に執念深い、復讐心に富んだ、そして実行力もあれば頭もある男でした。

私は看護婦の家永に相談をもちかけました。野田の方は、まだほんの見習なので、なにも気づかなかったのですが、経験の豊かな家永は、手術中すでにすべてをさとっていました。ひたいに脂汗を浮べた私の方に、ちらと冷笑に似た視線を投げた家永の顔を、私は今も忘れることができません。まったく、あれは毒蛇のような女でした。私が彼女を殺すのに毒蛇の毒を用いたのは、そんな連想も手伝っての思いつきだったのかもしれません。

彼女は、自分の嫁入りの時四十万円の持参金を持たせることを条件に、私への協力を承諾しました。彼女は、平坂氏を殺す以外に、私の逃れる道はないと言いましたが、私も、それは最初から頭にあったことでした。しかし死体が解剖に付されて、私の誤診が明らかになっては困るので、私は死体を処分する方法を考え出さねばなりませんでした。

七月二日のことでした。平坂氏が細君にむかって、「どうも体の調子がよくないように思う。ここの医者の言うことは信用がならんから、早く退院して大病院でもう一度診察を受けなおそう」と言っているのを家永が盗み聞きして来て私に話しました。この話には、家永の誇張も混っていたのかもしれませんが、彼が退院すれば早晩他の医者に診断を受けに行くことはわかっていましたから、私はいよいよ真剣に細かい手はずを整えました。英一の持っていたテープ・レコーダーから、ニセ電話のトリックを思いついたのもその時でした。

それからあとのことは、いまいましいまでに鮮かな、君の推理のとおりです。自動車のかくし場所も君の考えのとおりでした。それから抜穴ですが、私は無論あそこに抜穴があることを知っていました。幾年か前に偶然発見したのです。が丁度そのころ次男の敬二が冒険小説に夢中で、少々元気のよすぎる事件などを起していたので、悪用されることをおそれて、私はだれにも話しませんでした。その後幸子が大きくなって来たので、かくれん坊などして土がくずれては大変と思って、抜穴の存在はそのまま私ひとりの秘密にしておいたのです。しかし、敬二だけは、ひょっとすると知っているかもしれませんね。あれは、そう言ったやつなのです。

仁木君が、ただ一匹の子ネコを手がかりに抜穴の存在を言い当てた時、私は愕然としました。それ以来私は君の顔を見るのが不安でなりませんでした。私は、君が遅かれ早かれかぎつけるにちがいないと思われる事実は、自分の方から積極的に君に告げることによって、君の疑いをそらそうと努力しました。英一や敬二のことを進んで君に相談したのも、無論同じ目的からでした。だが君は結局ごまかされなかったのです。

桑田の義母を殺したのは、私としては不本意なことでした。この点は君もわかってくれると思います。しかし家永の方は、私は早くから殺害の計画を進めていました。

　もう何ヵ月か以前のことになりますが、私の所にひとりの子供の患者が連れて来られたことがありました。十歳くらいのその少年は、友だちとバネ鉄砲で遊んでいて、飛ばそうとした釘を自分の手のひらに打ち込んだのでした。釘が手のひらを貫いているのを見た私は非常に驚いて、そんな危険なおもちゃを持たせてはいけないと親に警告したのでしたが、家永を殺す方法を考えていた時私の頭に浮んで来たのは、このバネ鉄砲でした。私は方々のおもちゃ屋を探して、この種の鉄砲を一つ手に入れました。それは実に、おもちゃと思えないほどの貫通力を持っていました。私は、木でできた銃床の部分を取り除き、銃身と引金の部分だけを残しました。それから医師会の集まりの帰りに、お茶の水付近のある小間物屋で、バネ鉄砲に丁度はいるくらいの細いナイフを見つけて買い求めました。

　きのうの夕方、私は、細工をしたバネ鉄砲とネコのチミを抱えて、人に見られぬように壕へ行きました。まずバネ鉄砲を防空壕の入口の柱に取りつけ、引金に針金をはさんで、その針金がはずれると同時に引金が引かれるようにゴムひもをしばっておきました。次はネコの番ですが、何回もくり返した慎重な実験の結果、私はチミくらいの子ネコを、かなり正確に三十分ないし四十分間眠らせる自信を持っていました。

一・五CCのクロロフォルムに浸した用意の脱脂綿を、鼻に押しあてるだけでよいのです。チミが眠りこむまで、二分とはかからなかったでしょう。防空壕の中は、すでに手もとが見えないほど暗くなっており、壁のくぼみの中で眠っている黒ネコの姿を見わけることは、それと知っている者でなければ不可能でした。

壕の方の準備を終えると、家永に、「少し話があるから防空壕に行って待っているように」と言いました。彼女は何の疑いも抱かずに壕へ行きました。また私は、人に見られては絶対にまずいから、例のくぼみのあるすみに身をかくしているようにと厳重に言っておきましたが、彼女は、このことばも忠実に守りました。というのは、君も知っているとおり、あの壕の中で入口からのぞき込んでも見えない部分といったら、あのすみだけだからです。

ネコが目をさまして起きあがる……と同時にナイフがはじき出される……。そのナイフが一瞬で彼女を刺すだろうという点でも、私には強い自信がありました。あのひとすみは、人間ひとりが立てばそれだけで一ぱいになる狭さですし、ナイフには猛毒が塗ってあるので、ほんのツメの先ほどの傷さえつけば、目的を達するに十分だったのです。ナイフの刃に塗ったコブラの毒は、私がずっと以前に研究材料として人からもらったもので、有毒成分だけを抽出した、純粋な、それだけに毒性の極めて強いものでした。

家永が外出の仕度をして出て行ったあと、私は他の看護婦でもつかまえて、適当に雑談をしてアリバイを作る心算でした。ところがその時、君あての電話がかかって来たのです。テープ・レコーダーという一言を聞いただけで、私は、君がニセ電話のトリックを見破ったことをさとりました。私は絶体絶命でした。家永殺害の計画が成功してくれるように、とそれだけが頼みのツナでした。そこへ君が帰って来て、思いがけず君自身と立ち話をしながらアリバイが作れるなり行きになった時、私は自分の幸運を祝福せずにはいられませんでした。さすがの仁木君も、現に目の前で話をしていた私が犯人だとは、考えおよぶまいと思ったのです。

第三の殺人が、すらすらと運んだ次第は、すでに君の御承知のとおりです。ナイフを発射するに用いたバネ鉄砲の銃身は、けさ早く、勝福寺の横のゴミ捨て場に捨てて来ました。昨夜、刑事が家の中を捜査した時、それがどこにかくしてあったか——それればかりは、さすがの君も想像がついていないのではないかと思います。実は、どこにもかくしてなどはなかったのです。玄関に置いてある、幸子の三輪車の荷物台の裏側に、かんたんにくくりつけてあったのです。上から見ても丸見えなのですが、それだけにかえって、そのパイプが三輪車の部分品ではないということに気づく者がなかったのでしょう。

桐野夫人を殺しそこねたのは、私の犯行中での最大のミスでした。私は、医院の二階には桐野夫人と、歩くことのできない息子のふたりしかいないことを知っていましたから、君たちと別れて帰って来ると、そっと二階に上って、折を見て彼女を絞めあげました。しかし私はぎょっとして立ちすくみました。廊下に、忍び足の足音を聞いたのです。万事休す——と思った瞬間、ドアのすきまからすうっとはいって来たのは、人間ではなくて子ネコのチミでした。安堵すると同時に、私の全身から力が抜けて行きました。ぐずぐずしていると本当に人が来る。そう考えて、急いでその場を去ったのですが、彼女の絶命を確めるだけの落ちつきを失っていたものとみえます。やがて知らせを受けて駆けつけた私は、英一や人見の前では、やはり型通りの人工呼吸を行うよりありませんでした。

仁木君。以上で私の告白は終りました。私は、診察室の窓——平坂氏を防空壕に襲った四日前のあの時のように、診察室の窓からはいってこの手紙を書いたのですが、ずいぶん時間を取ってしまったようです。

君はおそらく、私を訴えるつもりはないのだと思いますが、このままでいたら、やがては警察に気づかれ、私は殺人犯人として逮捕されねばならないでしょう。私は子供等に――ことに幼い幸子に人殺しの子の汚名を着せるに忍びません。私自身がいなくなってしまった上は、疑惑は持たれるにせよ、なぞはなぞのままで残り得るのではないでしょうか？

私は、君が最善の処置をとってくれることを信じて、この手紙を書きました。この期におよんで、信じ得る人間がひとりでもあると言うことは、やはり感謝すべきことなのかもしれません。妹さんに、よろしく。

箱崎兼彦

仁木雄太郎君

解説

大内茂男（評論家）

江戸川乱歩賞について

長編推理小説「猫は知っていた」は、女流推理作家の第一人者である仁木悦子の処女作であり、最初の江戸川乱歩賞受賞作として、昭和32年11月に講談社から刊行された。もちろん、この作品は今日でも、だれが何の予備知識もなしに読んでも非常に面白く、推理小説の醍醐味といったものを満喫させられ、十分な満足を与えられる作品なのであるが、この作品の発表当時（ということは仁木悦子のデビュー当時）の数々の微笑ましいエピソードを知っておくほうが、この作品に対する理解や鑑賞がいっそう深まると思うので、始めにしばらく、そのことを紹介しておこう。

戦前・戦後を通じて日本推理小説界の大御所であった故江戸川乱歩が、推理小説の振興と奨励のために、推理小説関係の顕著な業績を表彰する目的をもって、私財百万円を拠出して江戸川乱歩賞を設定したのは昭和29年であった。翌30年の第一回は書誌学的な業績に対して評論家中島河太郎に授けられ、翌々31年の第二回は、翻訳を主とした推理小説シリーズ「ポケットミステリ」（現在のハヤカワミステリ）の出版業績に対して早川書房に授賞された。しかし、昭和32年の第三回からは、未発表の書き下ろし長編推理小説を一般から募集して、その入選作に贈られるように方針が切り替えられた。これが今に続く江戸川乱歩賞の性格であり、乱歩賞が現在も、新人推理作家にとって最高権威の登竜門になっていることは周知のとおりである。受賞者には本賞として青銅のシャーロック・ホームズ像が贈られるほか、副賞のかたちで入選作が講談社から出版され、その印税全額が支払われる。

この新しい性格の江戸川乱歩賞を最初に射止めたのが、仁木悦子の「猫は知っていた」である。だから、仁木悦子は第三回乱歩賞受賞者ということになっているが、事実上は、第一回乱歩賞受賞作家なのである。最初の受賞作家で、しかも女流新人ということだけでも十分にジャーナリズムの話題になったに違いないのだが、受賞者略歴として発表された「生来病弱のため、独学今日に至る。」という仁木悦子の常識を絶した才能と努力はジャーナリストを刺激し、ジャーナリズムは沸きに沸いた。

入選の決定発表の9月9日から授賞式の9月28日までの間、仁木悦子は当時東京都世田谷区経堂町にあった自宅の病床で、新聞や雑誌の記者と四十数回ものインタビューをしたそうである。新聞社の旗を立てた自動車がしきりに訪問するので、近所の評判になり、仁木悦子自身がその晴れがましさに面喰らったというのもうなずける。事実、各新聞、週刊誌、婦人雑誌などには仁木悦子の病床での写真がデカデカと掲げられて、その経歴や日常生活が紹介され、AP通信はこの風変りな女流作家出現のニュースを世界に流した。わが国の推理小説はじまって以来、こんな騒ぎは全く前例がなかった。しかも、入選作の刊行は二か月後の11月末日であったから、この発表や授賞の当時は、選考委員以外はまだ誰も作品を読んでいなかったはずである。作品も読まれないうちから、こんな大変な評判が立ったというのも前古未曾有である。刊行前に、すでに六社から映画化の申込みが殺到したというのも面白い。

仁木悦子について

仁木悦子（本名大井三重子）は昭和3年3月、東京に生れた。父の勤めの関係で一家は富山県の高岡に移ったが、そこで四歳のとき、カリエスに罹って足が動かなくなり、寝たきりの生活を続けなければならなくなった。いろいろと治療に苦心したが、その効なく、六歳の学齢を迎えても、当時の教育事情では就学の見込みは全く立たなかった。しかも七歳のとき、父に死別するという不幸に遭遇している。

以来、寝たきりの仁木悦子にとって、学校教育は全く無縁のものであった。その代わり、当時旧制高等学校に在学中であった兄が、妹の家庭教育に当たった。小学校や女学校の教科書を買い求めてきて与え、毎日二時間ずつ厳しく指導したという。女学校三年程度まで進んだとき、当時東京帝国大学の心理学科に在学中であった兄が学徒出陣で出征せざるをえなくなり、兄による系統的な家庭教育は一応中止された。それ以後の仁木悦子は、もっぱら読書とラジオだけによる、文字どおりの独学である。学校教育を全然受けずに、家庭教育と独学だけによって、これだけの高度の教養を身につけ、こんな素晴らしい小説が書けるまでに成長したという事実は、全く驚くべきことである。仁木悦子自身の優秀な能力や旺盛な意欲はもちろんだが、兄の愛情や指導力も全く大したものであったと思う。天性の教育者であった、と言うべきである。教育学、その中でも特に教育心理学を専攻する私などにとっては、この大井兄妹の教育事例はことさら興味深い。この教育的成功例を詳細に分析研究することによって、教育科学の貴重な発見がなされるのではないかと思う。

このような仁木悦子が、まず大いに興味をもったのは童話である。ほんとうに子どものためになるような童話を書きたいという念願から、二十六歳のころから本名で童話を書き始め、これが懸賞募集に入選したりして、昭和30年1月以降、多くの児童雑誌や婦人雑誌の誌面を飾ることになった。全部で百編くらい書いたという。もちろん、すべて病床で仰臥したままの執筆である。仁木悦子の旺盛な執筆意欲と、それを裏付ける読者に対する真の意味でのサービス精神の充実を、ここにも読み取ることができる。そして、推理小説に興味をもつようになったのは、直接には、隣りに住んでいた次姉の影響である。仁木悦子は少女時代に乱歩の少年探偵団ものやドイルのホームズ物を読んでいたというが、それだけでは推理小説熱は育たなかったであろう。次姉が翻訳推理小説のファンで、自分が読むとつぎつぎに持ってきて貸してくれたので、仁木悦子も次第に海外ミステリーの魅力にとりつかれ、自分でも書いてみたいという気持になってきたという。

この、仁木悦子が海外作品の味読から推理小説の世界に入ってきたという事実は、たいへん重要である。というのは、それまでの日本の推理小説に付き物であった陰惨な作風や装飾過多な文体に毒されることなく、アガサ・クリスティーやエラリー・クイーンふうの健全で明るい作風や、気取りのない素直で平明な文体を作り出すことができたからである。このことが、「猫は知っていた」がひとたび刊行されるや、たちまち12月初旬のベストセラーに入り、増刷に次ぐ増刷で、半年余りの間に十三万部をも突破したことの真の理由である。それまでの日本の推理小説の出版は、限られた一部のファンだけを対象としたもので、多くても五、六千部、一万部も売れれば上々であった。「猫は知っていた」は、このようにして、推理小説の読者を一挙に十倍以上にも増やすことになったのである。

日本の推理小説は、ここに新しい大衆化の時代を迎えた。翌33年2月には松本清張の「点と線」が刊行されて人気を呼び、今に続く推理小説ブームの皮切りになったのであるが、その先駆けを成したのは、実にこの「猫は知っていた」であった。

「猫は知っていた」について

「猫は知っていた」の女主人公でワトソン役の「私」は、筆名そのままの仁木悦子で音楽大学の学生であり、探偵役（ホームズ役）の「兄」は仁木雄太郎で、これも植物学専攻の学生である。この兄妹が郊外にある医院の病院に間借りして、院長の末娘のピアノの家庭教師をすることになるが、引っ越して来た二日目から院内に連続殺人事件が起こり、兄妹がその解決のために大活躍をするというストーリーの設定で、物語の合間々々を縫って、一家のペットである可愛い小さな黒ネコが出没する。このネコは、仁木悦子の家で飼っていたネコがモデルだというが、「兄」と「私」の仁木兄妹のモデルが、実際の大井兄妹であろうということは想像に難くない。その兄妹愛の深さには、思わず微笑まされる。

「女流作家の登場を喜ぶ」と題した選考報告は、「謎と論理の作品はこれに及ぶものがなかった」と前置きして、次のように述べている。「英米にはすぐれた女性探偵作家が多いのに反し、日本には僅かに一、二の女流をかぞえるのみで、それらの作家も論理性に富むいわゆる本格探偵小説は、ほとんど書いていないのである。仁木さんは、その従来全くなかったものを提げて現われた。大きなトリックには必ずしも創意はないけれども、こまかいトリックや小道具の扱い方に、女性らしい繊細な注意が行きとどいていて、その点ではアガサ・クリスティを思わせるほどのものがある。文章も平易暢達で、病院内部の描写は、選者たちを驚かせたほどにも的確であった。」

この評言は、短い文章の中に、仁木悦子という作家の特性と「猫は知っていた」という作品の特長とを的確に表現していて、希にみるいい評言だと思う。確かに、「猫は知っていた」は謎と論理を尊ぶ本格推理小説として、今読んでみても抜群の出来栄えである。読者はいやでも楽しく考えさせられながら読み進み、そして読み終った段階で、途中何の気なしに読み過ごした節々が、実は意外に重要な意味をもっていたことに改めて気付かされ、感心させられるであろう。構築の巧みさであり、構成の面白さである。私は、このように途中ではネガ（陰画）であったものが、読み終った時点で鮮やかにポジ（陽画）に転換する面白味を〝陽転の快感〟と名付けている。

「猫は知っていた」は十八年前の作品である。十年ひと昔として、ふた昔近くも前の作品であるから、物価や風俗や生活様式に、現代の立場からみて多少の違和感を覚えるのは止むを得ない。作中の物価は、現在では三倍ないし五倍に増幅して解釈すべきである。また、戦後十年以上を経過したとはいえ、本格的建築の防空壕（退避壕）なら、埋める手数を省いて、そのままに放っておかれた時代である。室内の暖房には木炭が使われ、まだテープレコーダーや自家用車は珍しく、医院にも浴室がなくて銭湯が利用されていた時代である。読者は、これらのことを承知して読んでほしい。この作品は、一般の若い人たちだけでなく、高校生や中学生はもちろん、小学生にすら奨めたいと思うので、蛇足ながら、このことを付け加えておきたい。

なお、仁木悦子はこの「猫は知っていた」のヒットによって、国立第一病院で五回にわたる手術を受けられることになり、この手術も成功して、今では車椅子をあやつって、家の中はもちろん、外へも出歩けるようになっている。また、入院中に知り合った現在の夫君と結婚して、幸福な家庭生活を営み、夫君の翻訳業を手助けするかたわら、マイペースで創作にいそしんでおられる。

仁木悦子のその後の本には、長編として「林の中の家」（34年）、「刺のある樹」（36年）、「黒いリボン」（37年）（以上の三作には仁木兄妹が活躍する）、「殺人配線図」（35年）、「二つの陰画」（39年）、「枯葉色の街で」（41年）、「冷えきった街」（46年）、「灯らない窓」（49年）などがあり、短編集としては「粘土の犬」（33年）、「穴」（46年）、「赤い真珠」（46年）、「赤と白の賭け」（48年）などが代表的なものである。長編、短編を問わず、どれも仁木悦子ならではの面白味を満喫させてくれる。

＊本解説は大内茂男氏のご遺族の許諾をいただき、旧版当時のものを再掲載いたしました。

作中に、現代では不適切とされる表現がありますが、作品の書かれた当時の背景や作者の意図を正確に伝えるため、当時の表現を使用しております。

|著者| 仁木悦子　1928年東京生まれ。'57年『猫は知っていた』で第３回江戸川乱歩賞を受賞。「日本のクリスティ」と呼ばれ、人気推理作家となる。'81年、短編「赤い猫」で第34回日本推理作家協会賞を受賞。'86年没。

猫《ねこ》は知《し》っていた　新装版《しんそうばん》

仁木悦子《にきえつこ》

講談社文庫
定価はカバーに
表示してあります

2022年10月14日第１刷発行

KODANSHA

発行者――鈴木章一
発行所――株式会社　講談社
東京都文京区音羽2-12-21　〒112-8001
電話　出版（03）5395-3510
販売（03）5395-5817
業務（03）5395-3615

Printed in Japan

デザイン―菊地信義
本文データ制作―講談社デジタル製作
印刷―――株式会社KPSプロダクツ
製本―――株式会社国宝社

ISBN978-4-06-528821-4

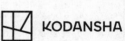

講談社文庫刊行の辞

二十一世紀の到来を目睫に望みながら、われわれはいま、人類史上かつて例を見ない巨大な転換期をむかえようとしている。

世界も、日本も、激動の予兆に対する期待とおののきを内に蔵して、未知の時代に歩み入ろうとしている。このときにあたり、創業の人野間清治の「ナショナル・エデュケイター」への志を現代に甦らせようと意図して、われわれはここに古今の文芸作品はいうまでもなく、ひろく人文・社会・自然の諸科学から東西の名著を網羅する、新しい綜合文庫の発刊を決意した。

激動の転換期はまた断絶の時代である。われわれは戦後二十五年間の出版文化のありかたへの深い反省をこめて、この断絶の時代にあえて人間的な持続を求めようとする。いたずらに浮薄な商業主義のあだ花を追い求めることなく、長期にわたって良書に生命をあたえようとつとめるところにしか、今後の出版文化の真の繁栄はあり得ないと信じるからである。

同時にわれわれはこの綜合文庫の刊行を通じて、人文・社会・自然の諸科学が、結局人間の学にほかならないことを立証しようと願っている。かつて知識とは、「汝自身を知る」ことにつきていた。現代社会の瑣末な情報の氾濫のなかから、力強い知識の源泉を掘り起し、技術文明のただなかに、生きた人間の姿を復活させること。それこそわれわれの切なる希求である。

われわれは権威に盲従せず、俗流に媚びることなく、渾然一体となって日本の「草の根」をかたちづくる若く新しい世代の人々に、心をこめてこの新しい綜合文庫をおくり届けたい。それは知識の泉であるとともに感受性のふるさとであり、もっとも有機的に組織され、社会に開かれた万人のための大学をめざしている。大方の支援と協力を衷心より切望してやまない。

一九七一年七月

野間省一

講談社文庫 最新刊

講談社文芸文庫

古井由吉

楽天記

夢と現実、生と死の間に浮遊する静謐で穏やかなうたかたの日々。「天ヲ楽シミテ、命ヲ知ル、故ニ憂ヘズ」虚無の果て、ただ暮らしていくなか到達した楽天の境地。

解説＝町田 康　年譜＝著者、編集部

ふＡ15

978-4-06-529756-8

古井由吉／佐伯一麦

往復書簡『遠くからの声』『言葉の兆し』

二十世紀末、時代の相について語り合った二人の作家が、東日本大震災後にふたたび歴史、自然、記憶をめぐって言葉を交わす。魔術的とさえいえる書簡のやりとり。

解説＝富岡幸一郎

ふＡ14

978-4-06-526358-7

講談社文庫 目録

講談社文庫　目録

日本推理作家協会編　Doubt《ダウト》きりのない疑惑〈ミステリー傑作選〉
日本推理作家協会編　Bluff《ブラフ》騙し合いの夜〈ミステリー傑作選〉
日本推理作家協会編　ベスト8ミステリーズ2015
日本推理作家協会編　ベスト6ミステリーズ2016
日本推理作家協会編　ベスト8ミステリーズ2017
日本推理作家協会編　2019ザ・ベストミステリーズ
二階堂黎人　ラン迷宮〈二階堂蘭子探偵集〉
二階堂黎人　増加博士の事件簿
二階堂黎人　巨大幽霊マンモス事件
新美敬子　猫のハローワーク
新美敬子　猫のハローワーク2
西澤保彦　新装版 七回死んだ男
西澤保彦　人格転移の殺人
西村　健　ビ　ン　ゴ
西村　健　地の底のヤマ(上)(下)
西村　健　光陰の刃《やいば》(上)(下)
西村　健　目　撃
楡　周平　修羅の宴(上)(下)
楡　周平　バ　ル　ス

楡　周平　サリエルの命題
西尾維新　クビキリサイクル〈青色サヴァンと戯言遣い〉
西尾維新　クビシメロマンチスト〈人間失格・零崎人識〉
西尾維新　クビツリハイスクール〈戯言遣いの弟子〉
西尾維新　サイコロジカル(上)〈兎吊木垓輔の戯言殺し〉／(下)〈曳かれ者の小唄〉
西尾維新　ヒトクイマジカル〈殺戮奇術の匂宮兄妹〉
西尾維新　ネコソギラジカル(上)〈十三階段〉
西尾維新　ネコソギラジカル(中)〈赤き征裁vs.橙なる種〉
西尾維新　ネコソギラジカル(下)〈青色サヴァンと戯言遣い〉
西尾維新　ダブルダウン勘繰郎《かんぐりろう》 トリプルプレイ助悪郎《スケアクロウ》
西尾維新　零崎双識の人間試験
西尾維新　零崎軋識《ぜろざききししき》の人間ノック
西尾維新　零崎曲識の人間人間
西尾維新　零崎人識の人間関係 匂宮出夢との関係
西尾維新　零崎人識の人間関係 無桐伊織との関係
西尾維新　零崎人識の人間関係 零崎双識との関係
西尾維新　零崎人識の人間関係 戯言遣いとの関係
西尾維新　xxxHOLiC アナザーホリック ランドルト環《かん》エアロゾル
西尾維新　難民探偵

西尾維新　少女不十分
西尾維新　本題〈西尾維新対談集〉
西尾維新　掟上今日子《おきてがみきょうこ》の備忘録
西尾維新　掟上今日子の推薦文
西尾維新　掟上今日子の挑戦状
西尾維新　掟上今日子の遺言書
西尾維新　掟上今日子の退職願
西尾維新　掟上今日子の婚姻届
西尾維新　掟上今日子の家計簿
西尾維新　新本格魔法少女りすか
西尾維新　新本格魔法少女りすか2
西尾維新　新本格魔法少女りすか3
西尾維新　人類最強の初恋
西尾維新　人類最強の純愛
西尾維新　人類最強のときめき
西尾維新　人類最強のsweetheart
西尾維新　りぽぐら！
西村賢太　どうで死ぬ身の一踊り
西村賢太　夢魔去りぬ

平岩弓枝　はやぶさ新八御用旅(三)〈日光例幣使道の殺人〉
平岩弓枝　はやぶさ新八御用旅(四)〈北前船の事件〉
平岩弓枝　はやぶさ新八御用旅(五)〈諏訪の妖狐〉
平岩弓枝　はやぶさ新八御用旅(六)〈紅花染め秘帳〉
平岩弓枝　新装版 はやぶさ新八御用帳(一)〈大奥の恋人〉
平岩弓枝　新装版 はやぶさ新八御用帳(二)〈江戸の海賊〉
平岩弓枝　新装版 はやぶさ新八御用帳(三)〈又右衛門の女房〉
平岩弓枝　新装版 はやぶさ新八御用帳(四)〈鬼勘の娘〉
平岩弓枝　新装版 はやぶさ新八御用帳(五)〈御守殿おたき〉
平岩弓枝　新装版 はやぶさ新八御用帳(六)〈春月の雛〉
平岩弓枝　新装版 はやぶさ新八御用帳(七)〈寒椿の寺〉
平岩弓枝　新装版 はやぶさ新八御用帳(八)〈春怨 根津権現〉
平岩弓枝　新装版 はやぶさ新八御用帳(九)〈王子稲荷の女〉
平岩弓枝　新装版 はやぶさ新八御用帳(十)〈幽霊屋敷の女〉
東野圭吾　放課後
東野圭吾　卒業
東野圭吾　学生街の殺人
東野圭吾　魔球
東野圭吾　十字屋敷のピエロ

東野圭吾　眠りの森
東野圭吾　宿命
東野圭吾　変身
東野圭吾　仮面山荘殺人事件
東野圭吾　天使の耳
東野圭吾　ある閉ざされた雪の山荘で
東野圭吾　同級生
東野圭吾　名探偵の呪縛
東野圭吾　むかし僕が死んだ家
東野圭吾　虹を操る少年
東野圭吾　パラレルワールド・ラブストーリー
東野圭吾　天空の蜂
東野圭吾　どちらかが彼女を殺した
東野圭吾　名探偵の掟
東野圭吾　悪意
東野圭吾　私が彼を殺した
東野圭吾　嘘をもうひとつだけ
東野圭吾　赤い指
東野圭吾　流星の絆

東野圭吾　新装版 浪花少年探偵団
東野圭吾　新装版 しのぶセンセにサヨナラ
東野圭吾　新参者
東野圭吾　麒麟の翼
東野圭吾　パラドックス13
東野圭吾　祈りの幕が下りる時
東野圭吾　危険なビーナス
東野圭吾　時《トキ》生《オ》〈新装版〉
東野圭吾　希望の糸
東野圭吾作家生活25周年祭り実行委員会　東野圭吾公式ガイド〈読者1万人が選んだ東野作品人気ランキング発表〉
東野圭吾作家生活35周年実行委員会 編　東野圭吾公式ガイド〈作家生活35周年ver.〉
平野啓一郎　高瀬川
平野啓一郎　ドーン
平野啓一郎　空白を満たしなさい(上)(下)
百田尚樹　永遠の0《ゼロ》
百田尚樹　輝く夜
百田尚樹　風の中のマリア
百田尚樹　影法師
百田尚樹　ボックス!(上)(下)

2022年9月15日現在